휴먼의 근사치

휴먼의 근사치

김나현 장편소설

차례

1

이런 방식으로 태어나는 것

깃털을 넣은 이불처럼 어둠이 가볍고 아늑하게 온몸을 휘감았다. 어두웠다가, 창고 틈새로 빛이 들어오는 날을 셌다. 사흘이었다.

창고에는 나 말고도 다른 존재들이 있었다. 첫째로, 열을 맞춰 지나가는 붉은 개미들이 있었다. 개미 몇 마리를 잡아 손에 올려놓고 빛에 비춰 보았다. 그들은 작은 언덕을 오르는 것처럼 손등을 탔다. 손등을 뒤집으면 손바닥을 향해 올라왔다. 좀처럼 아래로 내려갈 줄 몰랐다. 둘째로, 습기를 찾아 꿈틀거리는 지렁이들이 있었다. 지루하다고 느껴질 때면, 엄지와 검지로 지렁이의 통통한 몸통을 집어 들어 원래 왔던 자리로 되돌려 놓는 일을 반복했다. 그들은 끈질기게 자신이 가던 길을 기억해 냈다. 돌려놓으면 다시 앞으로 나아 갔다.

그곳에서 다른 생물들도 봤다. 숨을 쉬고 살아 있는 것들. 쥐며느리였나. 거미였나. 발이 달린 곤충들. 창고 한 구석 작게 파인 홈으로, 토끼인지 너구리인지 들어왔다 금방 나가 버렸다.

그리고 또 다른 존재가 있었다. 유령이나 다름없는 사람들.

"왜 여기 있어?"

그건 오히려 내가 하고 싶은 말이었다.

'아빠는 왜 여기 있는데?'

하지만 그런 말을 입 밖으로 꺼내진 않았다. 두 사람이 사라져 버릴까 두려웠다. 엄마는 아빠 옆에 꼭 붙어 있었다. 이마에서 흐른 물이 턱 끝에 방울방울 맺혀 있었다.

"내가 원해서 여기 있는 건 아니야."

엄마는 말없이 고개를 저었다. 내 거짓말을 알아차렸다. 그렇다. 거짓이었다. 나는 계속 여기 있고 싶었다.

"무섭지 않아?"

"전혀."

엄마의 턱에서 물방울이 하나둘 규칙적으로 떨어졌다. 엄마는 물이 흐르는 얼굴을 닦지 않고 내버려 두었다. 이제 아빠의 얼굴에서도 물이 흘러내렸다.

"심심하지 않아?"

"심심한 건 좋은 거야. 평온한 거야."

두 사람은 짧게 웃음을 터트렸다.

나는 창고에 갇혀 있었다. 함께 생활하던 아이들이 이곳
에 나를 가뒀다. 갈 곳 없는 미성년들이 모인 보호소에서는
다른 이들과 조금만 어긋나도 공격 대상이 되었다. 처음에
는 아이들도 부드러웠다. 비슷한 불행을 겪은 처지를 서로
위로했다. 시간이 지나자 위로만으로는 아무것도 해결되지
않는 현실을 깨달았다. 이후에는 우울한 기분을 풀어줄 놀
이를 만들었다. 그 놀이는 괴롭힘이라는 방식으로 나타났다.
나는 그들의 적당한 놀잇감이었다. 성장기 아이들 속에서
나는 조금도 키가 자라지 않은 채 남아 있었다. 아이들은 내
키가 자라지 않는다며 짜증냈다. "그게 화낼 이유야?" 물었
더니 기다렸다는 듯이 뺨을 갈겼다. 그제야 알았다. 누군가
를 괴롭히는 데 마땅한 이유가 필요한 건 아니었다.

창고 밖에서 사람들은 내 이름을 부르고 또 불렀다.

"한이소! 한이소!"

한이소. 맞다. 그게 내 이름이다.

"이제 그만 나가야지."

아빠는 얼굴을 살짝 일그러뜨린 채 무서운 표정을 지어

보였다. 하지만 조금도 무섭지 않았다. 나도 나이를 먹었다. 아빠가 하라는 대로 다 하지는 않았다.

"내 말 못 들었어?"

안 들리는 척 손등에 올린 개미만 쳐다보았다. 개미는 여전히 아래로 내려갈 줄 몰랐다. 이대로 손등을 입가로 가져가면 개미는 입으로 흘러들어 올까. 그렇다면 나는 개미를 먹게 되는 걸까. 나는 다른 생물을 볼 때도 그런 생각을 했다. 먹을 수 있는 것일까. 도대체 어떤 것까지 먹을 수 있는 것일까. 산 것을 죽인 다음 잡아먹는 일들, 먹기 위해 무언가 죽기만을 기다리는 일들이 떠올랐다. 보호소에 오기 전 그런 것을 볼 기회가 많았다. 일부러 눈에 담지 않으려 고개를 돌리거나 귀를 막았다. 차라리 먹지 않는 쪽이 나았다. 이번에도 먹지 않는 편을 택했다. 창고에 갇힌 뒤 사흘 동안 아무것도 먹지 않았지만 배가 고프지 않았다. 갈증 나지 않았다. 솔직히 말하면 이런 일이 처음도 아니었다.

"이소야, 나가자. 영원히 여기 있을 수 없잖아."

엄마가 말했다. 나는 가만히 고개를 돌렸다. 엄마는 영원히 여기 있을 수 없다고 말하지만, 내 생각에는 창고에 머물러 있는 일이 영원히 가능할 것 같았다. 정말로 죽지 않고 '영원히' 말이다.

세 걸음 정도 떨어져 엄마와 아빠를 말없이 바라보았다.

두 사람은 여전히 서로의 오른팔과 왼팔을 꼭 붙인 채 서 있었다. 어디선가 끝없이 그들의 머리 위로만 비가 내렸다. 머리부터 푹 젖어 얼굴이 빗물 범벅이었다.

창고 문 쪽에서 끼익 소리가 들렸다.

"나갈 때가 되었나 봐."

두 사람은 나에게서 열 걸음 정도 떨어졌다. 나는 조금 소리를 높여 그들에게 말했다.

"얼굴 좀 닦아. 비 맞고 있잖아."

두 사람은 동시에 미소 지었다.

"우리도 그렇게 하고 싶어. 눈이 잘 떠지지 않으니까."

이제 그 얼굴에서 빗물이 흐르는 모습은 그만 보고 싶었다. 내가 아무 말 못하는 사이 두 사람은 지우개로 지우듯 서서히 희미해졌다. 환영은 이런 식으로 예고 없이 사라졌다. 이번에도 제대로 인사하지 못했다. 엄마와 아빠가 배를 타고 멀어져 가던 순간처럼, 나는 입술을 꾹 깨물고 서 있기만 했다.

"한이소!"

잠시 후, 우렁찬 목소리가 들렸다.

"한이소! 거기 있지?"

창고 문이 열렸다.

햇살을 등지고 서 있는 남자가 보였다. 운동으로 다져진 몸의 실루엣. 마디마디 튀어나온 근육. 상담 교사 이연이었다.

"한이소. 일어나."

이연은 녹슬어 삐걱거리는 창고 문을 양쪽으로 활짝 열어
젖히고, 그 앞에 팔짱을 긴 채 서 있었다. 이연은 괜찮은 거
냐고 묻지도 않았다. 그저 놀이터에서 혼자 놀고 있던 아이
를 시간이 다 되어 데려가는 것처럼 굴었다.

손등을 기어오르던 개미를 땅에 살포시 내려놓았다. 나
역시 놀이터에서 무료하게 놀던 아이처럼 찬찬히 일어나 엉
덩이에 묻은 먼지를 털었다. 창고를 빠져나오자 머리 위로
환하게 햇빛이 쏟아졌다. 손차양을 만들어 해가 솟은 방향
을 올려다보았다.

"73시간 55분. 네가 갇혀 있던 시간이야. 가해자 모두 자
백했어."

이연은 무덤덤하게 상황을 읊었다. 나를 여기 가둔 아이
들은 셋이었다. 그들은 퇴출되거나 이곳에서 100킬로미터
떨어진 다른 보호소로 보내질 예정이었다.

"점심시간이다."

"배 안 고파요. 목도 마르지 않고."

그것이 우리가 처음으로 주고받은 대화다운 대화였다.

"아무것도 먹지 않으면 다들 이상하게 생각할 거야. 며칠
굶으면 당연히 배가 고파야 하거든. 네가 저 안에서 물 한 모

금 마시지 않았는데 괜찮다 하면 어떤 일이 일어날까?"

"모르죠."

"네 배를 가를 거다. 도대체 어떻게 생겨먹은 인간일까 궁금해서."

그렇게 무시무시한 말을 뱉어놓고 이연은 앞장서 걸었다. 뒤따라가고 있으니 그의 커다란 등이 눈에 들어왔다. 그는 보호소에서 일하는 그 누구보다 몸이 컸다. 보호소의 거친 환경에서 자신을 지키기 위해 급하게 빌려 온 껍데기를 쓴 것 같았다. 말하자면 그 몸은 엉성했다. 볼 때마다 기묘하게 뒤틀려, 어느 날은 오른쪽 어깨가 귀에 닿을 듯 솟아올랐고, 다른 날은 왼쪽 어깨가 그랬다.

"혼자 걸을 수 있지?"

이연이 걸음을 멈춰 하마터면 그의 등에 코를 부딪힐 뻔했다. 나는 뒤로 물러서 고개만 끄덕였다. 소리를 내서 대답한 것도 아닌데, 이연은 알아들었다는 듯 다시 앞으로 걸어갔다. 저 숱 많은 머리칼을 들어 올리면 뒤통수에 눈이 하나 더 있는 것이 아닐까 싶었다.

이연은 보호소를 견디지 못하고 떠난 이전 상담 교사들과 달랐다. 보호소로 이송된 아이들은 죽음의 문턱을 경험한 존재들이었다. 세상이 온통 물에 잠기는 동안 스스로 괴물이 되지 않고는 생존할 수 없었다. 그런 아이들마저 벌벌 떠는 이가 이연이었다. 그가 온 후로 다른 교사들은 '보호소에 기강이 잡혔다'고 했다.

"걔네들 정말 자백했어요?"

이연은 손을 번갈아 꺾어가며 우둑, 우둑 소리를 냈다. 나는 그가 '상담 교사'라는 직함에 어울리는 사람은 결코 아니라고 생각했다.

"그래. 이런 일은 이제 다신 없을 거야."

나를 괴롭힌 그들이 떠올랐다. 그들은 내 정강이를 걷어차고, 넘어뜨리고, 운동화 신은 발로 귀를 짓밟았다. 피부가 땅에 쓸렸다. 그럴 때마다 나는 기분이 더러웠다. 보호소에 오기 전에는 한 번도 가져본 적 없는 불쾌한 감정이었다. 창고에 있는 동안 나는 그 감정에 하나하나 이름을 붙였다. 시간은 오래 걸리지 않았다. 수치심, 혐오감, 무력감, 허무감. 이미 준비되어 있던 것처럼 그 감정의 이름들이 명확하게 떠올랐다.

나는 이연을 따라가면서 그가 입은 옷을 주시했다. 주홍색 점퍼가 어깨에 좁은 듯 꼭 맞았다. 점퍼는 교원들에게 지급되는 유니폼이었다. 그 짧은 점퍼는 그에게 전혀 어울리지 않았다. 더 큰 옷을 요청하면 될 텐데 이연은 그렇게 하지 않은 모양이었다. 도대체 알 수 없는 인간이다, 그렇게 생각하는데 별안간 그가 나를 돌아보았다.

"아까부터 해를 올려다보는데, 그런 거 좋지 않아. 눈이 다 타버릴 수 있다."

그는 눈살을 찌푸린 채 말했다. 그리고 할 말을 다 했다는 듯 고개를 돌렸다.

"내 눈이 어떻게 되건 무슨 상관인데요?"

"상관없다면 없고 있다면 있는 거지."

별 의미는 없는 듯했지만 '눈이 다 타버릴 수도 있다'는 그 말은 오래도록 기억에 남았다. 햇볕이 강렬한 날, 비가 올 기미가 느껴지지 않는 건조한 날이면 그의 경고가 어김없이 떠올랐다.

나는 열여덟 살이 되는 첫날, 보호소를 나왔다.

이연의 말대로 누군가 창고에 갇히는 일은 다시 일어나지 않았다. 나는 그곳에 있는 동안 누구보다 식사 시간을 잘 지켰다. 물론 아무도 같이 먹어주지 않았지만, 혼자서도 꼬박 꼬박 모든 끼니를 챙겼다.

*

보호소를 나온 이후 이런저런 일을 전전하다가 태거 하우스에 입사했다. 태거 하우스는 방송국과 비슷한 곳이었다. 하지만 하는 일은 달랐다. 이곳에서는 새로운 영상을 만들어내지 않고, 유실된 과거 영상을 복원했다.

나는 태거였다. 하루 종일 영상을 보고 그 영상에 어울리는 문구를 태깅하는 사람이었다.

"하루 종일 영화만 본다고?"

입사하고 얼마 지나지 않아 보호소에 들렀을 때, 상담 교사들은 나를 둘러싸고 그렇게 편한 일을 얻어 얼마나 좋으냐고 말했다.

"영화만 보는 게 아니에요. 다른 일도 있어요."

그들은 내가 태거 시험에 통과했다는 사실을 믿을 수 없다며 고개를 젓기도 했다. 운이 좋았다. 태거 자격 시험을 치를 즈음 인력을 대폭 늘려야 할 만큼 수많은 필름들이 활발하게 복원되고 있었다. 태거가 된 이후 한동안 나는 하루 열두 시간씩 일했다. 영상을 보고, 감독과 배우 이름을 정리하고, 알맞은 문구를 태깅해 올려야 했다.

"일이 적성에 맞니?"

보호소 우두머리 격인 여자 소장이 물었다.

"나쁘지 않아요."

솔직히 말하면 나쁘지 않은 정도가 아니었다. 나는 이 일을 좋아했다. 일단 하우스에서 제공하는 헤드폰부터 마음에 들었다. 따뜻한 회색의 커다란 헤드폰을 귀에 고정한 채 바깥 소음과 차단되어 영상에만 집중하는 시간은 평화로웠다.

소장은 내 앞에 놓인 종이에 사인했다. 더 이상 정기적으로 보호소에 방문할 필요가 없다는 것을 증명하는 서류였다.

"이제 더 볼 일이 없네. 자립을 했으니 우리가 특별히 지원할 필요는 없지."

그들은 내가 '어른'이 된 것을 축하해 주었다.

"넌 성공적인 사례야."

나를 격려하는 것이 아니라 자신들의 방식이 틀리지 않았음을 자랑스러워하는 것 같았다. 그들은 내 어깨를 두드리면서 미소 지었다. 그들 사이에 이연은 없었다. 그는 내가 보호소를 나오던 날 사라졌다. 어디로 갔는지 아무도 몰랐다. 결근일이 쌓여 자동으로 퇴사 처리가 되었다고 들었다.

"거기서 친구는 좀 생겼니?"

상담 교사 중 한 명이 가볍게 질문했다. 이 세상에 친구가 없는 사람은 존재하지 않는다고 믿는 듯한 태도였다.

"친구 같은 거 없어요, 여기서 그랬던 것처럼 아무도 없어요."

나는 그렇게 대답했다. 모두 침묵하더니 내 눈치만 봤다. 소장이 무겁게 가라앉은 공기를 걷어내듯 입을 열었다.

"이제 그만 가보렴. 건강해라."

나에게 빌어줄 수 있는 기도는 그것뿐인 것 같았다. 그런데 이상했다. 왜 행복해라, 그런 말을 덧붙이지 않고 건강해라, 그것 하나일까? 친구가 없기 때문에 행복해질 수 없다는 걸까? 나와 행복이란 단어가 어울리지 않다고 생각하는 걸까?

나는 기어코 친구라고 명명할 만한 존재를 찾으려 했다. 나의 부모는 가족이면서 동시에 친구가 아니었나? 나를 구하러 온 상담 교사 이연은? 손등에 올려놓은 그 붉은 개미는 어떤가? 그 개미는 나를 물지 않았다. 그런 것조차 호의로 받아들이면 무엇이든 친구로 삼을 수 있는 게 아닐까? 질문을 되풀이할수록 지금의 내가 혼자라는 사실만 뚜렷해졌다. 나는 일을 열심히 하기로 마음먹었다. 할 수 있는 한 많이 더 많이, 그렇게 하다 보면 혼자인 자신을 되돌아볼 여유조차 없을 거라고 생각했다.

그러다가 옆자리에 한 여자애가 앉으면서 모든 것이 바뀌었다. 긴 머리칼을 정수리 가까이 포니테일로 묶은 그 애의 이름은 루다였다. 나와 동갑이었고 무척이나 수다스러웠다. 자리 배치가 바뀌면서 내 옆자리로 옮겨 온 루다는 거의 5분마다 말을 걸었다.

"오늘 공포 영화만 세 번째야."

"정말? 참 힘들겠네……."

처음에는 꼬박꼬박 대답을 해주었는데, 나중에는 귀찮아져서 곁눈질로 한번 보고, 다시 내가 봐야 할 영상으로 돌아갔다.

그날도 루다는 속삭이듯 중얼거렸다.

"뭐야! 고어물이잖아. 이런 걸 왜 복원하는 거야?"

루다는 영상을 꺼버렸다.

"그 일이 있고 나서 어지간한 건 공포 축에도 안 들지만, 이건 도저히 못 보겠어."

'그 일'이란 대재앙을 말하는 것이었다. 공식적인 명칭은 '비의 70일'인데, 그냥 사람들은 '대재앙'이라고 불렀다. '비의 70일'에는 재난의 의미가 다소 지워져 있기 때문이었다. 하지만 그 말을 가만히 뜯어보면 '비의 70일'이야말로 무서운 의미를 담고 있었다. 멈추지 않고 70일간 비가 내렸다는 뜻이니까.

"진짜로 섬뜩한 건 영화가 아니야. 현실이지."

그 말은 틀리지 않았다. 우리는 비슷한 일을 겪었다. 70일 동안 비가 내렸고 비가 지나간 자리마다 생존이 위협받았다. 거의 모든 도시가 엉망이었다. 위생과 치안이 유지되지 않았다. 살아 있는 것은 기적인 동시에 고통이었다. 살아남은 사람들끼리는 누군가 자신을 죽이지 않을까, 혹은 자신이 누군가를 죽이지 않을까 공포에 떨어야 했다. 그 혼란 속에서 사람들을 구한 것은 뜻밖의 존재, 단순 노동형 로봇들이었다. 큰 규모의 건물을 주기적으로 청소하는 납작한 로봇 청소기에 두 개의 팔을 달아놓은 것이었다. 정부는 그 로봇을 각 도시에 배정했다. 물에 잠겨 못쓰게 된 것을 제외하자 그 수가 턱없이 부족했지만, 그들은 부족한 수를 끝없는 노동으로 보완하려는 듯 쉬지 않고 일했다. 로봇의 헌신은, 그것이 결코 감정이나 사명으로 움직이지 않는다는 것을 이성적으로 알고 있는 사람들마저 감동시켰다. "저 아이들 덕분에 이 거리가 깨끗해진 걸 봐." 사람들은 로봇을 살아 있는 존재처럼 여기고 예뻐했다. 어린아이들은 청소 로봇을 '언니'나 '형'이라고 부르며 따라다녔다. 로봇들 덕분에 많은 사람이 팔을 걷어 부치고 도시 재건에 참여했다. 그렇더라도 대재앙 이전의 삶으로 돌아갈 수 있을지 아무도 알 수 없었다. 사람들에게 과거로 돌아갈 수 있다는 잔잔한 희망이 지속되어야 했다. 지금 내가 일하고 있는 이 태거 하우스는 그러한 희망을 만들어내기 위해 설립된 엔터테인먼트 회사 중 하나였다. 이곳에서 주로 하는 일은 물난리로 유실된 필름 데이터를 복원하는 일이었다. 그것은 과거를 복원하는 일과 다름없었다. 하루 종일 로봇과 일하느라 지친 사람들은 구호시설로 돌아와 옹기종기 모여 복원된 영상을 봤다. 영상 속에서 사람들은 국수를 먹고 돈가스를 먹고 잔디를 깎는 평범한 일상을 보냈다. 언제 다시 돌아올지 모를 생활이었다.

"그런데 너는 어떻게 살아남은 거야?"

루다가 무심한 듯 물었다. 혼잣말로 중얼거리는 것이 아니라, 나에게 직접 묻고 있었다. 나는 이번에도 습관적으로 곁눈질만 하고 아무 말도 건네지 않았다.

"나는 할머니랑 요트에 타고 있었어. 비 오는 게 심상치 않다면서 할머니가 요트에 나를 집어넣었거든. 그때 이 등짝을 얼마나 세게 맞는 줄 알아? 지금 와서 생각하면 눈물 날 정도로 시원하게 때려줘서 고맙기만 하지."

내가 아무 말도 하지 않자 루다가 책상을 손으로 톡톡 두드렸다.

"왜 말을 안 해?"

나는 루다를 빤히 보고만 있었다.

"말도 섞기 싫다 이거지?"

"그건 아니야."

"그럼 말을 해. 그때 어디 있었어?"

"그런 게 궁금해?"

"그럼, 안 궁금하니? 너 말이야. 너무 인간미가 없는 거 아니야?"

루다가 내 어깨를 손으로 툭 건드리면서 씨익 웃었다.

"인간미가 없는 건 태거 하우스 하나로 족해. 진짜 이게 말이 돼? 이런 고물을 던져주면서 영상을 보라는 게?"

루다는 낡은 키보드를 두드리면서 투덜거렸다. 태거 하우스에서는 태거들에게 대재앙 이전에나 사용했을 법한 구식 헤드폰, 마우스와 모니터, 키보드를 제공했다. 태거들이 복원 영상을 보는 동안 아날로그 감성을 견지해야 한다는 의도였는데, 허울 좋은 핑계일 뿐이었다. 하우스에서 가장 많은 수를 차지하는 태거들에게 값비싼 홀로그램 모니터를 사줄 수 없다는 사실을 모두 알고 있었다. 하지만 나는 홀로그램 모니터보다 하나하나 손에 잡히는 구식 도구들이 마음에 들었다. 태거 일도 그랬다. 영상 속 배우의 이름을 찾아본 다음, 아직 프로필에 정리되지 않은 이들의 이력을 다른 태거들이 남겨둔 기록과 합산하는 과정을 거쳤다. 이렇게 아직은 사람의 기억에 의존하는 부분이 있다는 것이 좋았다. 물론 사람의 손을 거쳐야 하는, 다른 방식의 일들도 있었다. 태거는 이 하우스에서 가장 낮은 등급에 해당하는 탓에 때때로 실장들의 반려 로봇을 청소해야 했다. 그 로봇의 접합 부분에 쌓인 먼지를 제거하는 일. 그런 일은 그야말로 기계적으로 해치웠다. 마음의 움직임을 꺼두고 먼지를 터는 일에만 몰두했다.

"난 괜찮은 거 같은데."

"세상에! 이런 업무 환경이 괜찮다는 거야? 이렇게 얼렁뚱땅 넘어가면 안 돼. 세상에 더 좋은 것이 있단 말이야. 그걸 얻어낼 궁리를 해야지."

"우리가 그렇게 부족해? 우린 거지가 아니야."

"거지? 우리가 거지가 아니라고?"

루다는 그 단어를 곱씹었다.

"그럼 우리가 뭐야?"

"우린 태거잖아."

루다는 나를 잠시 바라보다가 깔깔 웃었다. 영상을 보던 다른 태거들의 시선이 이쪽으로 쏠렸다. 루다는 황급히 두 손으로 자신의 입을 가리고, 미간을 좁힌 채 나를 보았다. 그러더니 손을 내리고 또박또박 말했다.

"너한테는 좀 똑똑한 친구가 필요하겠어. 나 같은 친구 말이야."

친구? 방금 들은 단어가 저 입에서 나온 게 맞나? 내 앞에 나타난 이 수다쟁이도 사실은 시끄러운 환영에 불과한 것 아닐까. 나는 손을 들어 루다의 볼을 찔렀다. 손끝에서 밀가루 반죽 같은 살갗이 느껴졌다. 정말 손으로 떼어낼 수 있는 것이 아닐까 싶을 만큼 말랑말랑했다.

"보조개는 그쪽이 아니라 이쪽에 있어."

루다가 입을 벌리고 미소 지었다. 오른쪽 입술 옆으로 보조개가 깊이 파였다. 나는 손가락을 치우고 그 보조개를 뚫어져라 보았다.

*

나와 루다는 금방 친해졌다. 우리는 영상을 보다가 조금만 찌뿌둥해지면 자리에서 일어나 중앙 정원으로 갔다. 나는 루다를 위해 준비한 것이 뭉그러지지 않도록 주머니 안에 손을 넣고 조심히 휴식용 벤치에 앉았다. 고개를 들자 유리천장 위로 겹겹이 쌓인 윗층의 중앙 정원들이 보였다.

"웃기지 않아? 대재앙을 겪었는데 건물에 지하층을 만든 거 말이야."

계속 올려다보고 있으니 목뒤가 약간 뻐근했다.

"아파트가 잠길 정도로 비가 왔잖아. 아무리 배수 설비를 잘했다고 한들 여긴 지하인데. 언제 어떻게 될지는 아무도 모르는 일이고. 그런데 저 많은 사람들을 지하에서 일하게 하는 게 맞다고 생각해?"

루다의 말은 틀리지 않았다. 이곳은 반짝반짝 빛이 났지만, 인간에 대한 배려도 재난에 대한 진지한 고려도 없는 건물이었다.

태거 하우스는 지하의 일곱 개 층을 포함해 총 서른일곱 개 층에 이르는 빌딩이었다. 건물 소개서에 따르면 1층 로비부터 10층까지는 촬영을 위한 스튜디오와 기계실이 있었고, 11층부터 20층까지는 관리자 사무실, 임원진과 사장의 방이 있었다. 21층부터 꼭대기 30층까지는 전시실과 촬영 장비들, 폐기 처분을 기다리는 각종 장비와 부품을 모아둔 창고가 자리했다. 지하 1층부터 3층까지 구내식당과 오락 거리가 설치된 휴게실이, 4층부터 7층까지 태거들이 일하는 사무실이 위치해 있었다.

원래 '리턴즈 시네마'라고 불리던 이곳은 다른 영상 복원 회사에 없는 '태거'라는 전문 인력을 홍보하기 시작하면서 거의 시장을 독점했다. 그 시기에 아예 간판까지 교체하며 회사 이름을 '태거 하우스'로 바꿔버렸다. 태거들이 인간이라는 점은 어디에서나 주목받았다. 복원된 필름을 큐레이션할 때, 속도가 느리더라도 인간의 눈으로 보고 인간의 손으로 직접 필름을 분류해 코멘트하고 소개한다는 점에서 대중의 호감을 샀다. 한마디로 태거는 이곳의 상징적인 존재였다.

태거 하우스의 또 다른 상징은 모든 층에 설치된 중앙 정원이었다. 정원에 설치된 유리 온실은 시간대별로 해가 비출 법한 각도에서 인공의 빛을 쏘아댔다. 그 빛으로 온실 속 식물은 그런대로 잘 자랐지만 늘 어딘가 메말라 보였다.

"어떻게든 위로 올라가야 해. 이건 생존 문제라니까."

루다는 내 어깨에 팔을 둘렀다.

"우리 목표는 무조건 8급이야. 거기까지 같이 가는 거야. 구현우처럼 되자고."

태거 하우스에서 일하는 이들은 등급이 나누어져 있었다. 태거는 4등급부터, 관리직은 8등급부터 시작했다. 임원이 되려면 10등급까지 올라가야 했다. 등급 심사는 분기별 정기 시험과 근무 평가에 의해 이루어졌다.

나는 지난 등급 심사에서 7등급을 받았다. 지금까지 태거 하우스에서 7등급까지 올라간 태거는 스무 명도 되지 않았다. 태거에서 8등급까지 올라 관리직으로 승진한 경우는 여태껏 구현우 실장, 단 한 명밖에 없었다.

"위로 올라간다고 다 생존하는 건 아니야."

내가 그렇게 말하자 루다가 얼굴을 찌푸린 채 고개를 저었다.

"김빠지는 말 좀 하지 마. 뭐랄까, 요즘 나한테 소홀해진 것 같아?"

"도대체 어떤 점이?"

"너무 솔직하다는 점에서?"

"솔직한 건 좋은 거잖아. 서로 솔직할 수 있는 게 친구 아니야?"

루다는 눈을 가늘게 뜨고 나를 보았다.

"상대의 기분을 헤아려 주지 않는 상태에서 솔직한 건 문제가 될 수 있지."

"그렇게 서운한 거야?"

"어쩌면 질투가 나는 건지도 모르겠어."

나는 보호소와 연계된 기숙 시설에서 벗어나 정부가 지원하는 작은 아파트로 옮긴 상태였다. 그 이후 나에게는 친구가 하나 더 생겼다.

"어쨌든 난 구현우 실장처럼 될 거야. 너도 내 꿈을 무조건 응원해."

"무조건?"

"할 수 있다고 말하는 거야. 계속."

"그건 거짓말이잖아?"

루다가 한숨을 내쉬었다.

"거짓말이라도 해주라는 거잖아. 기분이라도 좋았으면 하니까."

"난 지금 좋아. 거짓말은 하지 않아도 돼."

루다가 혀를 내둘렀다.

"됐어. 이런 이야기는 그만하자. 괜히 말다툼하는 거 싫으니까."

루다는 앞으로 걸어 나가더니 넓은 잎을 가진 나무의 기둥을 손으로 한 번 쓸었다. 나는 루다 옆에 가서 같은 나무를 짚었다. 마음이 편안해졌다.

"나무랑 접신 중이야?"

어느새 나무에서 손을 뗀 루다가 팔짱을 끼고 나를 보았다.

"요즘 내 자리에 오컬트 무비만 나오거든. 열 편쯤 보니까 머리가 어떻게 된 것 같아."

나는 주머니에 손을 넣어, 아까부터 루다에게 주려던 것을 꺼냈다.

"이거……."

나는 루다의 손에 체리 두 알을 건넸다. 루다가 얼른 한 알을 입 속에 넣고 우물거렸다.

"혹시 이게 저번에 말한 그거야? 그 똥에서 나온 거?"

"똥이 아니라 비료야."

"똥이 비료지 뭐야?"

"그렇게 단순하게 말할 게 아니라니까."

"그 새 말이야. 사진이라도 찍어서 가져와 봐."

"렌즈만 들이대면 기겁을 해."

"새도 초상권은 지켜줘야지."

그렇게 말하면서 루다는 혀를 날름거렸다.

"다 먹었어? 어때?"

"어?"

"왜?"

"와, 입에서 녹아버렸다."

루다는 혀를 빼꼼 내밀었다. 혀 위에 얼룩덜룩 과육이 묻은 체리 씨앗 하나가 올려져 있었다. 씨앗을 뱉기 위해 손으로 입을 가린 루다가 갑자기 넘어질 듯 휘청거렸다. 높이 묶은 포니테일이 이마 앞으로 쏟아졌다. 나는 루다의 팔을 잽싸게 잡았다.

"그만 놀고 일 좀 하지 그래?"

루다를 넘어뜨리려고 한 건 사해였다. 그는 형광기가 도는 연두색 맨투맨 티셔츠를 입고 회색 조거 팬츠를 입고 있었다. 신발을 얼마나 닦았는지, 번들거리는 가죽이 눈에 띄었다. 태거 하우스 관리자 중 하나인 이 실장이 얼마 전까지 신고 있던 것이다. 무슨 아부를 떨었기에 신던 신발까지 내어줬는지 모를 일이었다. 루다는 입술을 쭉 내밀고 탐탁지 않은 표정으로 사해의 신발을 노려보았다.

"정당한 휴식 시간이야."

"나간 지 30분이 넘었어."

"실장들도 상관 안 하는 걸 네가 왜 신경 쓰는데?"

사해가 가소롭다는 듯 피식 웃었다. 루다는 남은 체리 한 알을 들키지 않으려고 주머니에 손을 집어넣었다. 30분 동안 자리를 비운 것은 큰 문제가 아니었다. 하지만 체리를 손안에 쥐고 있다가 들키면 심각해질 수 있었다.

체리는 우리 같은 사람들이 가질 수 있는 것이 아니었다. 대재앙 이후 정부는 곡물, 채소, 과일을 비롯해 육류와 어류까지 모든 원물 수확을 공공화시켰다. 수확된 원료는 영양소별로 배합하여 가공식품으로 만들어졌다. 그것은 재난을 대비한다는 명목하에 이루어진 식량 통제나 다름없었다. 사람들이 먹을 수 있는 음식이라고는 고작 원물을 가루 내어 뭉쳐놓은 영양바와 두유, 통조림 따위밖에 없었다. 당연하게도 시민 사회의 비난이 이어졌다. 여론을 달래기 위해 정부는 가정집에서 식물을 키워 열매를 수확하는 것이나 취미로 낚시를 즐기는 것까지는 허가했으나 상업적 용도의 판매는 허락하지 않았다. 그것은 사람들도 원하지 않았다. 원물을 키우고 판매하기까지 과정이 만만치 않았고, 다시 비가 오지 않으리라는 보장도 없었다. 그런 상황이었으니 싱싱한 과일을 먹으려면 직접 키우는 수밖에 없었다. 보통 사람이 집에서 과일을 맛보려면 식물 생장에 대한 방대한 지식을 갖추거나 그러한 지식을 가진 전문가를 고용해야 했다. 더군다나 별도의 개인 과수원을 갖지 않고 아파트 베란다에서 과일 나무를 키우는 것은 불가능에 가까웠다. 물론 돈이 있다면 가능했다. 베란다에 온실을 만들고 빛과 바람과 비싼 비료값까지 충당할 수 있다면. 그러니까 수분기 가득한 진짜 과일은 부자의 것이었다. 그런데 나와 루다는 부자는커녕 누군가의 입장에서는 빈자에 속하는 사람들이었다.

그러므로 체리는 우리의 것일 수 없었고, 사해에게 이상한 낌새가 포착되면 관리실로 불려가 심문을 당할 수도 있었다. 유난히 보석처럼 반짝이는 체리 한 알이라면 그들에게 충분히 의심스러운 증거가 될 터였다.

"너."

사해가 다시 루다를 겨냥하고 있었다.

"출근 시간은 확실히 지키고 있지?"

루다는 미간을 찌푸리면서 불편한 기색을 내비쳤지만, 그가 체리를 보지 못한 것을 알아차리자 한결 편해진 듯 어깨를 으쓱해 보였다.

"8시 59분, 8시 58분, 그리고 어제는 딱 9시. 이렇게 아슬아슬하게 출근하는 이유가 뭐지? 1분이라도 지각하면 우리 호실 전체가 감점이라는 건 알고 있는 거야? 이렇게 되면 개인 점수에도 영향을 주게 되잖아. 다 같이 망하지 않으려면 똑바로 하란 말이야."

사해는 태거 하우스에 다닌 지 벌써 6년째였다. 대재앙이 끝나고 이곳이 설립된 직후 들어온 초창기 멤버였고, 여전히 등급을 올리지 못한 채 지하층의 고인물이 되어버린 존재였다. 그 자격지심 탓인지 실장급에 들러붙어 태거들을 흉보았고, 혼자서 군기반장을 자처했다. 그런 그가 석 달 전부터 갑자기 보이지 않아 이대로 돌아오지 않는 것이냐며 좋아했는데, 사라졌던 것만큼이나 갑작스럽게 돌아와 우리를 불편하게 만들었다.

"모를 리가."

"허튼 수작 부리지 마. 이번에 우리 호실이 최고점을 받지 못하면, 가만두지 않을 테니까."

"너나 잘해."

사해는 쓴웃음을 입가에 걸고 돌아서다가 루다의 주머니에 시선을 던졌다. 사해는 노골적으로 루다를 위아래로 훑어보면서, 한 손을 들어보였다가 검지로 루다의 바지 주머니를 가리켰다.

"이번에는 봐주는 걸로 하지."

사해가 돌아섰다. 그가 중앙 정원을 빠져나가고 루다의 주머니 쪽을 보니 터져버린 체리 과즙이 바지를 물들이고 있었다. 가까이서 체리 향도 옅게 올라왔다.

루다가 가슴에 손을 얹고 숨을 크게 내쉬었다.

"체리가 있는 거 알았을까?"

우리는 화장실로 달려가서 주머니를 물로 벅벅 문질렀다.

루다는 터져버린 체리가 아깝다며 입 속에 쏙 집어넣었다.

"어쨌든 진짜 체리는 맛있네."

그렇게 말하더니 붉은 이를 드러내며 씨익 웃었다.

*

주말 아침이면 나는 태거 하우스로 출근할 때보다 더 부지런했다. 이번 주에는 체리 케이크를 만들 계획이었다.

평일 내내 틈나는 대로 어떻게 만들지 궁리해 보았는데, 어차피 구할 수 있는 재료가 별로 없었다. 일단 딱딱한 영양바 두 개를 숟가락으로 으깨 분말로 만들었다. 물을 약간 섞어 찐득해진 반죽을 동그란 팬에 담아 프라이어에 넣었다. 잠시 후 제법 빵 냄새를 풍기는 시트가 만들어졌다.

다음으로는 체리 꼭지를 따고 칼로 잘라 씨앗을 제거했다. 반원 모양의 체리를 빵 위에 꽉 차게 올렸다. 이 정도면 영화 〈로맨스 레시피〉에 나온 체리 케이크와 비슷했다. 그러나 케이크 중앙으로 포크를 밀어 넣자 체리가 튕겨 나가고 빵은 부스러졌다. 결국 가루가 된 빵을 숟가락으로 긁어모아 입안에 털어 넣고, 체리는 포크로 찍어 먹었다. 이것 따로 저것 따로 입에 넣으니 아무런 맛도 느껴지지 않았다. 과연 이

것이 케이크인가? 굳이 말하자면 이것은 케이크라기보다는, 영양바와 체리의 조합일 뿐이었다. 재료의 질감이 어우러져 입 안을 달콤하게 휘감는 음식다운 음식은 아니었다.

"다음에는 잘할 수 있을 거야."

아직 체리 케이크를 향한 도전은 끝나지 않았다. 체리는 많았다. 베란다에 알알이 잘 익은 과실이 체리목마다 주렁주렁 매달려 있었다.

한때 빈약하던 나무가 이렇게 많은 열매를 맺게 된 것은 미오 덕분이었다. 정확히는 미오의 변 덕분이었다.

미오는 머리 위에 다섯 개의 짧은 돌기와 신축성 있는 날개를 가진 노란 생물로, 조류 사전에서는 도무지 찾아볼 수 없는 종이었다. 그렇기 때문에 쉽사리 새라고 부를 수 없었지만, 우리 가족은 미오를 새라고 여겼다. 엄마는 미오가 세상에 하나뿐인 환상의 새라고 말했다.

미오가 사라진 건 비의 70일이 끝나가던 어느 날이었다. 아파트 옥상에서 어른들이 방금 숨을 거둔 노인을 어떻게 할지 토의하는 중이었다. 나는 그들의 목소리를 듣지 않으려 물탱크 뒤에 앉아 귀를 막고 있었다. 그즈음 빗줄기가 육안으로 보이지 않을 만큼 가늘어져, 이 재앙에 끝이 다가오고 있다는 것을 어렴풋이 짐작했다. 하지만 이러다가 다시 비가 거칠어질 수도 있었다. 마음을 놓을 수 없는 시기였다. 모두들 미래를 알 수 없어 지금 할 수 있는 것을 최대한 해야 했다. 잠시 후 불을 피우는 냄새가 코끝으로 흘러들었다. 나는 옥상 끝으로 걸어가 아래에서 넘실거리는 큰 물결을 바라보았다. 그렇게 한참 있다가 미오가 보이지 않는다는 사실을 깨달았다. 아무리 불러도 미오는 나타나지 않았다. 나는 큰 소리로 미오를 부르며 옥상을 돌았다. 어른들은 내가 미친 거라고 말했다. 이제 그만하라고 윽박질렀다. 더 소리를 지르면 옥상 밖으로 밀어버리겠다고 협박했다. 나는 미오를 부르는 일을 멈췄다. 한편으로는 이런 상황에서 미오가 떠난 것이 차라리 잘된 일 같았다. 만약 내가 새였다면 훨씬 더 빨리 이곳을 떠나버렸을 텐데, 미오는 그동안 내 옆에 있어 주었다. 이후 나는 종종 미오가 돌아오는 꿈을 꾸었다.

그리고 그 꿈은 놀랍게도 현실이 되었다. 아파트로 거처를 옮기고 얼마 지나지 않은 때였다. 배수 관리가 녹록치 않아 체리 묘목이 제대로 자라지 못하던 시기였다. 그날은 보슬비가 내리고 있었다. 어느새 베란다 창에 빗물이 동그랗게 맺혔다. 방울 방울 모여 한 줄기로 흐르는 모습을 보자 긴장해서 어깨에 힘이 들어갔다. 아직 빗줄기는 가늘고 힘이 없었지만, 언제든 돌변할 수 있었다. 아무리 정교하게 기상을 예측해도 하늘이 하는 일에는 변수가 있었다. 어떻게 해야 할까, 당장 밖으로 나가야 할까, 저 앞에 높은 아파트로 건너가 있을까, 그건 그 아파트 주민들이 싫어할 테니 일단 산으로 달려야 하는 걸까. 화분 앞에 쪼그리고 앉아 고민하고 있을 때 끼익, 소리가 났다. 소리의 방향을 찾아 이리저리 고개를 돌리다가 베란다 난간에 발을 걸친 미오를 봤다. 믿을 수 없었다. 창문을 열자 난간에 아슬아슬 자리 잡고 있던 미오가 젖은 날개를 펼치고 집 안으로 총총 뛰어 들어왔다. 오랫동안 이곳을 드나들던 것처럼 자연스러웠다. 미오는 다시 만나서 반갑다는 식의 인사조차 하지 않았다. 그저 종종거리며 집 안을 돌아다녔다. 그러다가 체리 묘목 위로 올라가더니 몸을 부르르 떨며 똥을 샀다.

"미오! 만나자마자 뭐 하는 거야?"

"끼르르륵? 끽?"

뭐 어때? 싫어? 미오가 이렇게 말하는 것 같았다. 나는 고개를 젓고 미오를 안으려다가 방금 전 이 환상의 새가 똥을 샀다는 사실을 떠올렸다.

이제 나는 미오 덕에 나름대로 풍족한 식생활을 경험하고 있었다. 체리뿐 아니라 블루베리, 당근, 아보카도, 파프리카, 브로콜리, 케일, 상추, 양배추 등 다양한 과일과 채소를 번갈아 심어 가꾸고 그 과실을 따 먹을 수 있었다. 식물이 생장을 잘 못하는 것 같을 때마다 미오는 그 뿌리를 덮은 흙 위에 변을 보았다.

"꾸구, 꾸우."

미오는 배가 고픈지 힘없는 소리를 냈다. 신기하게도 미오는 영양바와 콩 음료를 좋아했다. 나는 영양바 하나를 놓고 턱을 괸 채 그것을 내려다보았다. 언제까지 이런 것을 먹어야 할까? 나는 영양바에서 무슨 맛을 느껴야 할지 알 수 없었다. 그 맛을 표현할 단어 같은 것이 도저히 떠오르지 않았다. 루다는 이 영양바에도 미묘한 맛이 있고 종류별로 차이가 있다고 했지만, 내 혀는 고집스럽게도 그 미묘한 맛을 느끼기를 거부했다. 어쨌든 이것도 음식이긴 했다. 그리고 어떤 사람들 입장에서는 인류를 살린 가장 효율적인 식량이었다.

이 가공된 음식에 대해 전설처럼 전해오는 이야기가 있었다. 대재앙 때 고립된 마을에서 살아남은 사람들의 이야기였다. 비가 내리기 얼마 전, 그 마을 근처 통조림 공장이 망하면서 주민 대부분이 싼값에 통조림을 대량으로 사들였는데, 그 덕분에 살 수 있었다는 소문이었다. 대재앙 때 굶어 죽은 사람이 전체 사망자의 절반이 넘었다는데, 그 마을에서는 인명 피해가 하나 없었다. 게다가 인간적인 삶마저 가능했다. 다른 곳에서는 죽은 이들을 물에서 건져 그 살을 구

위 먹기도 했으니, 그에 비하면 인간적이라는 뜻이었다. 물론 '인간적'이라는 말이 그 의미를 어디까지 포함할 수 있는지 논란이 있었지만, 사람을 구워 먹는 것보다 통조림을 까먹는 일이 더 낫다고 대부분의 사람들은 생각했다.

그 마을에 대한 소문이 퍼진 후 통조림과 영양바가 불티나게 팔렸다. 그러자 기다렸다는 듯이 정부의 개입이 시작되었다. 시장 균형을 맞춰야 한다며 가공식품의 원료가 되는 농작물의 재배를 통제했다. 보호소의 급식도 통조림과 영양바로 바뀌었다. 정부는 기민하게 움직였다. 시장에 풀어놓은 싱싱한 원물의 수를 줄여나가고 가공식품을 조금씩 늘리면서, 적어도 70일 이상 보존이 가능한 식품만 선보이겠다고 한 것이었다.

통조림 마을 이야기를 아십니까?

그것이 정부가 내세운 카피였다. 하지만 그 이야기가 진짜일까? 사람들의 마음을 장악하기 위한 거짓 전설이 아닐까? 이런 생각을 나만 하는 건 아니었다. 정부는 재앙 이후 혼란을 막기 위해 사회의 많은 것을 통제해야 했다. 공교롭게도 식량 통제라는 방식을 선택하면서, 다른 영역의 통제도 손쉬워졌다는 말이 돌았다. 진실은 알 수 없었지만, 다들 짐작대로라는 듯 정부를 욕했다. 보호소의 상담 교사들과 다른 태거들도 지나가듯 한마디쯤은 했다.

"이따위 맛도 없는 것을 먹으면서 어떻게 살라는 거야."

"누가 그 속셈을 모를 줄 알아."

"먹는 재미가 얼마나 큰 것인데 그걸 빼앗냐고."

하지만 미오는 그러거나 말거나 영양바만 쪼아댔다.

나는 미오가 먹기 편하도록 영양바를 삼등분해 접시에 담았다. 얕은 접시에는 콩 음료를 부어주었다. 미오는 부엌 옆에 걸어둔 원형 리스 안에 가는 두 다리를 걸치고 있다가 바닥으로 뛰어내렸다. 폴짝폴짝 뛰어와 부리를 접시 안으로 콕콕 찍어대며 식사를 시작했다. 혹시 몰라 체리 몇 알을 씻어 영양바 옆에 올려두었다. 미오는 머리에 난 돌기를 이용해 체리를 접시 바깥으로 밀어버리더니 돌기에 묻은 물기를 떨쳐내려 고개를 좌우로 빠르게 털어댔다. 취향이 확실한 새였다.

미오가 밀어낸 체리를 집어 내 입 속에 넣었다. 손가락에 닿는 매끈한 체리 껍질의 질감이 문득 생경했다. 나는 체리를 한 알 한 알 연달아 입 속에 욱여넣었다. 예전에 엄마는 체리의 상큼한 향과 식도를 타고 내려가는 시원한 수분감이 좋다고 말했다. 그래서 체리는 나에게도 그런 과일이었다. 상큼하고 시원한 붉은 과일. 문득 나는 엄마와 아빠에게 이 모든 것을 보여주고 싶었다. 베란다에 풍성하게 과실을 맺은 체리나무를, 금빛 날개에서 여전히 윤기가 흐르는 미오를, 그리고 두 사람이 떠난 후에도 꿋꿋하게 살아 있는 나를.

"이소야, 뭐 해?"

저녁에 루다에게 전화가 왔다. 루다는 인사를 생략하고 늘 '뭐 해?'라고 먼저 물었다.

"그냥 있어."

"혼자 심심하지 않아?"

"미오가 있잖아."

"아, 맞아, 똥 싸는 새 말이지."

"뭔가 악감정이 느껴져."

"이게 왜 악감정이야? 그냥 심심해서 심통난 거지. 놀러 갈 수도 없고."

내가 살고 있는 아파트는 정부 지원을 받는 데다가 10층 이하 저층이라 외부인 출입이 금지되어 있었다. 대재앙을 겪고 모두가 떠난 뒤 뼈대만 남은 이 아파트는 정부가 사들여 리모델링을 거친 후, 나처럼 거주지 마련이 힘든 이들을 위해 제공되고 있었다. 관리 명목하에 외부 개방을 하지 않는다는 이유가 붙었지만, 실은 저층 아파트라 삽시간에 수몰될 위험이 있어 출입을 제한하는 것이었다. 이곳에 사는 사람이 아니라, 이곳에 들어오기를 꺼리는 이들을 위한 규약이었다. 루다는 그따위 룰을 만든 인간들을 이해할 수 없다고 불평했지만 규칙을 어겨 벌점을 받고 싶지는 않다고 했다.

"벌점을 받으면 어떻게 되는데?"

"벌금을 내겠지."

우리에게는 한 푼이 아쉬웠다.

"한 것도 없이 주말이 다 갔어. 너는 미오도 있고, 체리도 있고, 신났겠네. 벌금이고 뭐고, 너 문단속 잘해. 나 언제 찾아갈지 몰라."

"우리 집 주소는 알아?"

"그 정도는 기본이지."

"내가 말해준 적 없는 것 같은데?"

"얘가 내 정보력을 무시하네."

"정말 어떻게 알아?"

"직원 인적사항에 뜨던데. 우리 개인 정보 따위 태거 하우스에서 지켜줄 것 같아?"

우리는 한참 태거 하우스 실장들을 욕했다. 루다는 이럴수록 기분만 더 우울해질 뿐이라며 한숨을 내쉬었다. 그녀의 기분을 풀어줄 생각으로, 체리가 바구니 가득 들어 있는 모습을 사진으로 찍어 전송했다.

"이렇게 많아?"

과실이 열린 나무 사진을 몇 개 더 찍어 보냈다.

"넌 직업을 바꾸면 대박 나겠어. 생육 전문가 같은 거 있잖아."

"내 능력이 아니야. 다 미오 덕이지."

"역시 대단한 새라고 할까…… 나보다 낫다니까."

싱거운 농담을 주고받다가 저녁 먹을 시간이 다가오자, 루다는 이번에 나온 신상 통조림 얘기를 꺼냈다. 이번에 산 것은 고수가 들어간 쌀국수 맛의 옥수수라고 했다. 신상 통조림을 모으는 일은 루다의 취미였다. 루다는 할머니의 요트 선실을 개조해 집처럼 이용하며 살고 있었는데, 1년 동안 먹어도 충분할 정도의 통조림을 쌓아두고 살았다. 유통기한이 앞으로 10년이나 남은 가공 식품들이 루다의 유일한 낙이었다.

"다음 주에는 사이다에 절인 카레 맛 참치가 나온다고 해서 기다리는 중이야."

"그런 게 맛있어?"

"맛으로 먹나…… 물리지 않게 바꿔주는 거지."

나는 언젠가 출입이 허가되면 루다에게 체리 케이크를 만들어주겠다고 약속했다. 물론 루다는 그럴 필요 없다며 사양했다.

전화를 끊고 거실에 앉아 미오와 대화를 시도했다. 새와 대화를 하는 일은 가능과 불가능 그 사이에 어정쩡하게 걸쳐 있었다.

"미오, 내려와 봐."

그 말에 미오는 리스에서 내려왔다. 총, 총, 총, 뛰어 얇은 쿠션 위로 올라가 다리를 접은 다음 배를 붙이고 앉았다. 나는 양반다리로 앉아 미오와 마주 보았다.

"끼루루룩?"

미오가 뭔가를 물었다. 의문형임이 분명하지만 그 내용은 절대 알 수 없는 소리였다.

"뭘 물어보는 거야?"

"끼륵, 꾸르르, 끼끽, 꾸, 꾸."

미오는 숨을 들이마시더니 가슴을 크게 부풀리고, 날개를 양옆으로 활짝 펼쳤다. 날개 안쪽에서 영롱하게 반짝이는 금빛 깃털이 나타났다. 미오는 그대로 날개를 퍼드덕거렸다. 바람이 일어 베란다에 심어놓은 식물의 잎들이 펄럭거렸다. 미오는 금방이라도 날아가버릴 것 같았다.

미오가 날아가는 모습을 딱 한 번 본 적이 있었다. 대재앙 때, 아파트로 물이 차올라 계단으로 급히 뛰어 올라가던 순간이었다. 잠시 꿈을 꾸는 것 같았다. 미오는 날개를 시원하게 펼치고 가볍게 날아올랐다. 그러나 그 이후, 미오는 적어도 내 앞에서 날기 위해 날개를 펼친 적이 없었다.

"날 수 있는 거 아니야? 그때처럼?"

미오가 대답이라도 하듯 고개를 좌우로 한 번 젓더니 날개를 순식간에 접어버렸다. 까만 눈이 끔뻑였다. 그 눈동자에 내가 비쳐 보였다. 미오의 날갯짓이 끝난 자리에 적막한 기운이 돌았다. 미오의 머리 돌기 아래 부드럽게 이어지는 뒤통수를 손가락으로 쓸어보았다. 미오는 날개를 푸드덕거리며 내 손가락을 털어냈다. 위로 고개를 치켜들고 노래하듯 소리를 내다가 고개를 쿠션 위에 툭 떨쳤다. 깊은 숨을 들이쉬던 미오는 금방 잠에 빠져들었다.

나는 방으로 들어가 노트북을 켰다. 태거 하우스에 버려져 있던 노트북을 경비원의 허락을 받고 가져온 것이었다. 대재앙이 일어나기 훨씬 전에, 비싸다는 이유로 엄마가 사주지 않은 물건이었다.

그 구시대의 유물을 들고 온 날, 나는 전원 버튼을 켜놓고 한참을 가만히 있었다. 과거의 일들이 하나하나 머릿속을 스쳐갔다. 노트북을 사달라고 떼를 쓰는 한 아이와 필요하지 않은 것을 사줄 수 없다고 단호하게 아이를 꾸짖는 엄마의 모습이 반복되어 그려졌다. 태거 하우스 플랫폼에 들어가 벌써 수차례 반복해서 본 〈로맨스 레시피〉를 재생시켰다.

〈로맨스 레시피〉는 고약한 성격의 일류 파티셰와 실수를 연발하는 견습생의 연애 과정을 담은 로맨틱 코미디였다. 영화 흥행 이후 주연으로 출연한 두 배우의 결혼 소식이 알려져, 많은 이들에게 이 영화는 완벽한 해피엔딩으로 기억되었지만, 현실의 결말을 따지고 보면 결코 해피엔딩이라고는 할수 없었다. 두 사람은 대재앙 때 함께 살던 집에서 감전사를 당했다. 이런 이야기는 흔했다. 대재앙 이전 제작된 많은 영화들은 사람들을 슬프게 만들었다. 이 사람은 물에 빠져 죽고, 저 사람은 고립된 상황을 견디지 못해 자살하고, 또 다른 사람은 블랙홀에 빠진 듯 흔적 없이 사라졌다. 모든 영화에 현실의 비극이 꼬리표처럼 붙어 다녔다.

그렇지만 영화를 보고 있는 동안에는 그런 일들조차 희미하게 지워지는 기분이 들었다. 내가 〈로맨스 레시피〉를 찾아보는 까닭은, 요즘 푹 빠진 멜리슨 도멜이라는 배우 때문이었다. 그는 이 영화에서 주인공인 파티셰를 연기하는 흑발의 남자로, 생전 로맨틱 코미디 장르만 열다섯 작품을 찍은 이력이 있었다. 배우 시절 초반에는 첩보 영화에 캐스팅되어 지적인 이미지의 스파이를 연기했는데, 날카로운 인상과 달리 치밀하고 계산적인 역할은 그에게 맞지 않았다. 이후에는 재치 있고 밝은 캐릭터, 약간 괴팍하고 투덜거리는 성향의 역할을 주로 맡았다. 흥행에 성공한 작품은 모두 〈로맨스 레시피〉 같은 로맨틱 코미디였다. 스파이 연기에 미련이 남아 몇몇 첩보물을 더 찍었지만, 그것들은 소리 소문 없이 묻혀버렸다. 다행히도 태거 하우스에서 운영하는 영상 플랫폼에는 그의 출연작들이 거의 복원되어 있었다. 인기가 없던 첩보물 중 몇 개도 올라 있었다. 재생된 숫자를 보면 많은 사람들이 그를 여전히 좋아하고 있다는 사실을 알 수 있었다. 그가 나온 영화는 일단 해피엔딩으로 끝난다는 안도감 때문에 그 이름을 더 자주 찾게 만드는 것인지도 몰랐다.

어느새 영화는 클라이맥스를 향해 가고 있었다. 화가 난 멜리슨은 미래에 자신의 부인이 될 마샤에게 잔소리를 듣고 있었다. 멜리슨은 그녀의 싸구려 입맛에 자신의 요리를 맞출 수 없다고 소리를 질러댔고, 마샤는 치즈는 더 치즈 같아야 하고 체리는 설탕보다 달아야 한다며 그를 설득했다. 멜리슨은 마샤의 말을 귀에서 털어내려는 것처럼 세차게 도리질을 했다. 그리고 다시 마샤에게 소리 질렀다. "당장 나가!" 다음 장면에서 멜리슨은 마샤를 찾아가 사과했다. "내가 바보였어." 그리고 두 사람은 아주 진한 키스를 나눴다. 볼 때마다 두 손이 절로 오그라들었다. 나는 키스라는 걸 해본 적이 없었다. 그것이 무엇인지 궁금할 때마다 태거 하우스에서 받은 등급별 행동 요령 책자를 펼쳤다. 키스 요령 따위는 책에 나와 있지 않았다. 하지만 나는 우습게도 이 행동을 반복했다. 언젠가 그것이 책 속에 나타나기라도 할 것처럼 기다렸다. 물론 내가 기다리는 것은 이것뿐만은 아니었다.

나는 닫힌 방문으로 시선을 돌렸다.

문을 열고 금방이라도 두 사람이 나타날 것 같다, 그렇게 생각한 순간 정말로 아빠와 엄마가 걸어 들어왔다.

"도대체 어디서 난 노트북이야?"

노트북을 보고 놀란 엄마가 나에게 물었다.

"나 취직했어, 거기서 얻은 거야."

아빠는 엄마의 어깨에 손을 올렸다.

"우리 애가 다 컸네."

엄마가 아빠를 돌아보면서 말했다.

"대견해."

두 사람이 나를 동시에 안으며 말했다. 나는 그 품에서 그동안 무슨 일이 있었는지 이야기했다. 아빠와 엄마가 배를 구하러 구조대를 따라갔다가 실종된 이후, 살아남은 나는 정부에서 마련한 보호소에서 열여덟 살이 될 때까지 머물렀다. 그곳을 나온 이후 태거 하우스의 창고 정리 일을 임시로 하게 되었는데, 그때 태거라는 일을 알게 되었다. 공립 도서관 쓰레기통을 뒤져 태거 자격 시험을 위한 문제집을 주워 왔다.

"눈이 닳도록 그걸 읽고 또 읽었어."

엄마는 걱정스러운 눈빛으로 내 눈을 들여다보았다. 아빠는 흐뭇하게 웃고 있었다.

"그리고 태거가 됐어."

"그 일이 좋아?"

"좋아."

"그럼, 됐어."

엄마는 내 머리를 부드럽게 쓰다듬었다. 나는 그 손길을 느끼면서 잠에 빠져들었다.

"잘 자."

두 사람이 동시에 말해서 목소리가 울렸다.

"편히 자렴."

엄마와 아빠가 차례로 내 이마에 뽀뽀했다. 그들의 입술이 내 이마 위에 닿았다고 생각하면 정말 그런 것처럼 느껴졌다. 두 사람은 조용히 방문을 닫고 나갔다. 방문을 닫을 때, 녹슨 경첩이 삐걱대는 소리가 귓가에 희미하게 울렸다.

*

"구 실장, 떴다."

태거 하나가 헤드폰을 고쳐 쓰고 소리를 높였다. 책상에 다리를 올리고 있던 이들이 일제히 다리를 내리고 허리를 세웠다. 구 실장이 불시 점검을 하는 일은 이례적이었다.

구 실장은 누구보다 태거들의 처지를 잘 이해하는 사람이었다. 태거일 때 그는 가죽끈이 달린 막대로 태거들의 뒷목을 내리치던 관리자와 대면해 징계를 받은 적이 있었지만 승급 심사에서 당당히 8등급을 받고 관리직군이 되었다. 그가 관리자와 갈등을 일으키고도 승급을 할 수 있던 배경은 역시 실력이었다. 구현우라고 하면 지하층에서 모르는 사람이 없을 정도로 출중한 사람이었다.

내가 이곳에 처음 왔을 때, 구현우는 모두의 롤모델이었다. 나의 롤모델이기도 했다. 관리직으로 승급한 후에도 그는 공정한 관리자로서 명성을 쌓았다. 그가 8호실 관리를 맡은 뒤로, 윗선에 아부를 떨기보다 자기 일을 성실히 하는 태거들의 등급이 향상되었다. 나에게 7등급 평가를 매긴 사람도 구 실장이었다. 그의 불시 점검이라면 괜한 화풀이용 갑질은 아닐 것이라고 다들 은연 중 납득하고 있었다.

"그대로 멈춰주세요."

구 실장이 부드러운 저음으로 말했다. 동시에 태거들은 마우스에 올리고 있던 손을 내려놓았다. 미처 다른 화면을 끄지 못한 태거 하나가 뒤늦게 딸깍 소리를 내며 창을 닫았다. 구 실장은 그의 모니터에서 업무와 상관없는 화면이 사라질 때까지 주시했다. 적어도 5점 이상 감정 요인이었다. 하지만 감점을 운운하는 소리는 들리지 않았다. 딸깍, 딸깍, 다른 자리에서도 황급히 딴짓의 증거를 지우는 소리가 들려왔다. 그 소리가 잠잠해지자 구 실장이 입을 열었다.

"지금부터 점검을 시작하겠습니다. 영상과 태깅 리스트를 화면에 띄워주세요."

모두들 분주히 태깅 리스트를 화면에 띄웠다. 나 역시 초안으로 써둔 목록을 화면 오른쪽에 길게 띄웠다. 구 실장은 첫 줄부터 차례로 공들여 태깅 리스트를 읽었다. 좋다, 나쁘다, 아무런 평가 없이 눈으로 훑어보고 한 자리씩 머물렀다가 지나갔다.

구 실장이 내 옆에 멈췄다. 모니터 앞으로 고개를 숙이고 가까이 다가왔다.

"이해하고 싶지 않은?"

그가 내 태깅을 읽었다.

"무슨 영상이었죠?"

"다큐멘터리였어요."

기어들어 갈 듯 작은 목소리로 대답했다.

"어떤 다큐였는데요?"

"동물을 거꾸로 매달아 놓고 인공수정을 시도하는 내용이었어요."

"거기에 이해하고 싶지 않은, 이라는 태깅을 생각한 거고요?"

"아직은 초안이에요."

"문장을 완성하는 게 좋아요. 이해하고 싶지 않은 무엇, 혹은 무엇을 이해하고 싶지 않다, 이렇게요."

"이해하고 싶지 않은 동물 학대?"

"너무 직접적이지 않나요? 더 부드럽게 고칠 수도 있죠."

"이해하고 싶지 않은…… 탄생?"

"탄생? 왜 그런 단어를 붙이죠?"

"이렇게 태어나는 게 맞나 싶어서요."

"이런 방식으로 태어나는 것이 틀린 건가요?"

"잘 모르겠어요. 더 생각해 봐야 해요."

"그렇군요. 탄생이라는 말이 나쁘지는 않네요."

호실 안이 술렁였다. 구 실장이 방금 한 말은 명백한 칭찬이었다. 인공지능 이드를 통해 부적합한 태깅으로 걸러질 수도 있지만, 그렇다 하더라도 나의 태깅은 구 실장에 의해 채택된 것이나 다름없었다. 구 실장이 천천히 옆으로 걸음을 옮겨 다른 이들의 태깅도 훑어보았다.

그날 그가 개인적으로 말을 붙이고 피드백을 해준 태거는 나밖에 없었다. 일을 마치고 1층 로비로 올라오자 루다가 달려와 어깨에 팔을 걸고 머리를 헝클어뜨렸다.

"기분이 어때?"

"뭐 대단한 거라고……."

올라가는 입가를 숨길 수는 없었다.

"이런 날에는 치킨에 맥주일 텐데."

루다가 쩝, 입소리를 내며 팔을 풀었다. 치킨에 맥주라니. 치킨은 대재앙 전에 자주 먹은 것이었다. 맥주는 한 번도 마셔본 적이 없었다. 하지만 그것이 시원하게 목을 넘어가는 느낌은 상상할 수 있었다. 어른이 되면 같이 마시자 하던 아빠의 목소리도 함께 기억할 수 있었다.

"같이 마시자. 성인이 되면 말이다."

방금은 정말로 그 목소리가 귓가에 들리는 것처럼 생생했다.

"혹시 루다 네가 말한 거야?"

"뭘?"

루다는 영문을 모르겠다는 듯이 고개를 기울였다. 걱정스러운 얼굴로 나를 보았다. 그러다가 다시 어깨에 팔을 두르고 나를 떠밀듯이 앞으로 성큼성큼 걸어갔다. 나는 루다가 어깨에 두른 팔을 슬며시 잡고 내려놓았다.

"오늘은 일찍 집에 가야겠어."

루다가 씨익 웃었다.

"출세하더라도 이 친구를 잊으면 안 돼. 알았지?"

"출세는 무슨? 겨우 이런 일로……."

"혹시 모르잖아. 내일부터 무슨 일이 일어날지."

루다의 말에 나도 괜한 기대가 생겼다. 루다는 내 등을 툭 치더니 저만치 멀어졌다. 내일 봐, 라고 크게 외치며 손을 흔들었다. 동시에 루다의 높이 묶은 포니테일이 경쾌하게 좌우로 흔들렸다.

*

다음 날 아침, 로비에서 출근 카드를 찍고 지하로 내려가는데 허리에 총을 찬 경호원이 내 쪽으로 걸어왔다. 물론 총을 꺼내거나 특별히 위협을 가한 것은 아니었다. 단지 구 실장의 말을 전달하러 온 것이었다. 업무 시작 전, 그가 나를 찾는다는 내용이었다. 구 실장의 방이 있는 지상 11층의 지도를 보여주었다. 중앙 정원에서 가까운 방이었다.

경호원은 혹시라도 내가 다른 방향으로 돌아설까 오른 팔꿈치를 살짝 붙들었다. 엘리베이터를 타는 것은 처음이었다. 지하로 가는 길은 엘리베이터가 없어 늘 계단을 이용했다. 한 번 내려가면 퇴근할 때까지 지상층으로 올라올 일도 없었다.

경호원은 중앙 엘리베이터 대신 건물 왼쪽 날개에 붙어 있는 화물 엘리베이터로 나를 데려갔다. 버튼을 누르자 느린 속도로 엘리베이터가 내려왔다.

"사람이 타는 건가요?"

경호원은 고개만 끄덕였다. 엘리베이터가 도착해 문이 열리자 경호원은 나만 그 안으로 밀어 넣고 자신은 바깥에 서 있다가 잠시 후 옆으로 돌아섰다. 엘리베이터는 아주 천천히 11층으로 올라갔다.

11층에 도착해 긴 복도를 따라 중앙 정원 쪽으로 향했다. 복도에도 정원에도 사람이 없었다. 구현우 실장의 방 앞에서 벨을 누르자 곧바로 딸각 소리가 나면서 문이 자동으로 열렸다. 안으로 들어서자 햇살이 쏟아지는 통유리창 앞에 구 실장이 앉아 있었다.

"어서 오세요."

구 실장이 손님용 테이블로 나를 안내했다. 그 앞에 놓인 회색 소파에 앉자 몸이 푹신하게 파묻혔다. 8등급이 되면 이런 사무실에서 일하는 건가. 나는 홀린 듯 사무실 안을 두리번거렸다. 구 실장의 헛기침 소리를 듣고서야 정신을 차리고 허리를 바로 세웠다.

"차 좀 드시겠어요?"

"괜찮습니다. 아침에 주스를 먹고 왔어요."

"주스요?"

아차, 싶었다. 자연물은 비싼 것이었다. 설령 집에 열매가 맺히는 나무를 심더라도 일반 가정에서 주스를 만들 만큼 과실을 수확하는 것은 불가능했다. 8등급인 구 실장도 마시기 어려운 과일 주스를 내가 마셨다고 하면 상식에 어긋나는 일인 것 같았다.

"그게…… 주스를 마신 것 같은 상쾌한 기분으로 출근했다고요."

"역시 표현력이 남다르네요."

구 실장은 맞은편 소파에 앉으면서 넥타이를 매만졌다. 더 이상 손볼 곳이 없을 만큼 반듯했지만 그 자신은 자꾸 신경이 쓰이는 모양이었다.

"태거 일은 어때요?"

"별 문제 없습니다."

"실은 그동안 올린 태깅을 쭉 훑어봤어요."

그가 일어나 자신의 책상에서 한 뭉치나 되는 파일을 들고 왔다. 굳이 종이로 출력해 볼 필요가 없는 것이었다. 구 실장은 그 방대한 양의 태깅을 전부 읽었다는 걸 확인이라도 시키겠다는 듯 내 앞에 그것을 두었다.

"좋은 태깅이 꽤 있더군요."

종이를 잠깐 넘겨보자 몇 군데 밑줄이 그어져 있었다.

"감사합니다."

"저는 이런 표현이 마음에 들었습니다. 여기요."

구 실장이 종이를 넘겨 한 부분을 짚어 보여주었다.

#포기하는법을모르는자들을위한블랙코미디

그것은 얼마 전 복원된 공포 영화였다. 남극 탐험 원정대의 이야기로, 인물들은 깃발을 꽂아야 하는 지점에 죽음이 있으리라는 것을 알면서도 앞으로 나아갔다. 영화를 보는 내내 그들 중 한 명이라도 포기하기를 바랐기 때문에 그런 태깅을 올린 것이었다.

"이소 씨는 포기하는 법을 알고 있습니까?"

구 실장이 물었다.

포기하는 법을 알아서 포기한 적은 없었다. 상황이 나를 포기하도록 떠밀었다.

"잘 모르는 것 같아요."

구 실장이 눈썹을 치켜올려 이마에 주름을 만들더니 엷게 미소를 지었다. 그 미소는 상황에 맞는 표정을 억지로 지어낸 듯 어색하게만 보였다.

"포기한다는 것은 쉽지 않은 일입니다."

그가 내 눈을 똑바로 마주 보았다.

"지금 당신은 태거 하우스에서 가장 멋진 문구를 써내고 있는 사람 중 하나예요."

구 실장은 잠시 침묵했다.

"문제는 이드가 태깅을 자의적으로 해석한다는 겁니다."

"무슨 말씀이세요?"

"이드가 이소 씨의 태깅을 제대로 처리하지 못한다는 뜻입니다."

이드는 태거들이 올린 태깅을 검열하는 인공지능이었다. 실제로 본 적은 없지만 건물 한 층을 다 차지한 거대한 기계라고 들었다. 들리는 바에 따르면 그것은 하루에 수십 개의 영상을 보고 수백 개의 태깅을 읽고 수천 개의 시나리오를 읽었다. 게다가 그렇게 학습한 데이터를 기반으로 하루 한 권 분량의 영화 소개서를 정리했다. 태거 하우스 플랫폼 이용자 대부분이 별도의 값을 지불하고 그것을 사 읽었다. 이드의 역할은 그런 것이었다. 인류가 다시 재앙으로 과거의 영상을 잃을 수 있기 때문에 과거의 유산이라고 할 수 있는 영상 데이터를 온전하게 흡수하는 것. 태깅 검열은 이드의 수많은 일 중 하나일 뿐이었다. 겨우 태거 하나가 올린 태깅으로 혼란을 겪을 리 없었다.

"주의하겠습니다."

구 실장은 자신이 실수라도 한 마냥 손을 앞으로 내저었

다. 뚝, 뚝, 뚝, 손을 저을 때마다 손목 관절이 꺾이는 소리가
났다. 나는 그 손목을 잠시 바라보았다.

"그런 뜻이 아닙니다."

그는 내 눈을 뚫어져라 보았다. 마치 텅 빈 어둠을 들여다
보는 듯했다. 초점을 맞출 수 없는 눈이었다.

"이걸 보세요."

#이해할수없는탄생

바로 어제 그가 칭찬한 태깅이었다.

"저도 이 태깅이 영상과 어울린다고 판단합니다. 문제는
이드가 이 태깅을 읽고 1분 동안 멈췄다는 겁니다."

구 실장이 하려는 말의 의도를 파악할 수 없었다.

"아마 이드에게 한계가 온 것 같습니다. 무엇이 태깅으로
적절한지 아닌지 판단하는 기준이 모호해져 버린 겁니다."

"이드가 멍청해지기도 하나요?"

나름대로 농담을 한 것인데 구 실장은 진지하게 받아들
였다.

"아니요. 그 반대예요. 진화해 버린 거죠. 학습이 계속되면
서 판단의 경계가 사라진 거예요."

"무슨 말씀인지 잘 모르겠어요."

"어려운 말이겠죠. 단순히 말하면, 이드가 멈추면 회사에
막대한 손실이 생긴다는 것입니다. 게다가 1분은 그런 측면

에서 긴 시간입니다."

수수께끼 같은 말이었다. 구 실장은 관자놀이 부근을 꾹 눌렀다.

"결과적으로 이드는 한이소 씨의 태깅을 폐기했습니다. 자신이 판단할 수 없는 범위였으니까요."

"이드를 고쳐야 하나요?"

"그럴 수 없습니다. 이드 같은 인공지능의 진화는 다시 되돌릴 수 없어요."

"그래서요?"

"이소 씨의 태깅을 제거해야 한다는 결론입니다."

"네?"

"이드를 현혹시키는 태깅을 하는 사람을 계속 태거로 일하게 할 수 없습니다."

나는 구 실장이 뱉은 말의 의미를 하나씩 곱씹었다. '이드를 현혹시키는 태깅' 그리고 '태거로 일하게 할 수 없다' 이게 다 무슨 뜻인가?

"해고하시는 거예요?"

"맞습니다. 당신을 해고해야 합니다."

어안이 벙벙했다.

"퇴직금과 추가의 보상금을 받을 수 있도록 조치를 취할 것입니다. 너무 실망하지 않아도 됩니다. 어차피 일어날 일입니다. 이드는 진화하고 있습니다. 이제껏 쌓인 데이터를 학습해 스스로 언어를 조합할 수 있는 단계에 들어섰습니다. 이대로라면 태거라는 직업 자체는 무의미해집니다. 제 계산으로 반 년 안에 태거는 사라집니다."

"그럼 지금 일하고 있는 사람들은요?"

"해고되겠죠. 지금 한이소 씨가 해고되는 것처럼."

구 실장은 눈을 깜빡이거나 마른 입술을 침으로 적시는 동요의 제스처를 전혀 보이지 않았다. 나는 그를 멍하니 쳐다보았다.

"이해될 때까지 여기 앉아서 생각하셔도 됩니다. 차를 좀 드릴까요?"

그의 목소리가 귓가를 그대로 스쳐 흘러갔다. 구 실장은 테이블 앞에 펼쳐진 파일을 첫 장이 오도록 정리한 후 자리에서 일어났다. 지금 무슨 일이 일어난 거지? 나는 한참 전 맞은 자리가 비로소 아파오는 사람처럼 뒤늦은 충격에 몸을 일으킬 수 없었다. 보호소에서 아이들이 창고에 나를 가두려고 할 때 느낀 감정과 가까웠다. 마치 물속에 가라앉는 것처럼 무감각하고 무거웠다. 시간마저 마비되어 멈춰버린 것 같았다. 나는 힘주어 눈을 꼭 감았다가 떴다. 그렇게 하면 내 앞에 펼쳐진 모든 장면은 사라지고, 영상을 보다가 깜빡 잠이 든 나를 루다가 놀리고 있으리라. 하지만 아무것도 사라지지 않았다. 나는 구 실장의 방 안에 있었다. 그는 이미 자신의 자리로 돌아가, 더 이상 내게 볼일이 없다는 듯 눈길조차 주지 않았다.

2

그런 큰 이야기

비가 쏟아지고 일주일 정도 지났을 때, 우리 가족이 살고 있던 저지대의 아파트 2층 높이까지 물이 차올랐다. 순식간이었다. 성인 남자의 무릎 정도였던 물의 높이는 폭우의 세기가 더욱 격렬해지자 몇 시간 만에 지하와 저층을 삼켜버렸다. 아래에서 위로 사람들이 올라왔다. 복도를 빼곡하게 메운 사람들이 추위에 덜덜 떨었다.

"들어오세요. 얼른 들어와요."

아직 물에 잠기지 않은 집들은 졸지에 난민이 된 사람들에게 잠자리를 내주었다. 정비공으로 일하던 나의 부모도 문을 열고 아래층에서 올라온 두 가족을 안으로 들어오게 했다. 우리 집은 지상이었고 7층이었다.

한동안 방이 두 개인 집에서 열 명이 지냈다. 그때 우리 가족은 아파트 입구나 엘리베이터에서 종종 마주쳤지만, 인사 한 번 나누지 않던 사람들과 곁을 나누고 잠을 잤다. 어른들은 순서를 정해 두 시간마다 번갈아 불침번을 서며 물이 얼마나 차올랐는지 확인했다.

나흘 정도 지나자 한 층이 더 물에 잠겼다. 이대로 비가 계속된다면 얼마나 버틸 수 있을지 알 수 없었다. 죽음에 대한 불안으로 모두들 조금씩 날카로워지고 있었지만 아직은 마실 물과 먹을 것이 있었다. 극도로 아껴 먹는다면 한 달은 더 버틸 수 있는 양이었다. 비가 그친다면 모든 것이 괜찮아지리라. 빗줄기가 약해지는 순간이면 사람들은 잠시나마 마음을 놓고 웃기도 했다. 체중계 위에 올라가서 그동안 그토록 애를 써도 빠지지 않던 살이 며칠 만에 다 빠졌다며 농담을 주고받기도 했다.

보름이 지날 무렵 비는 눈에 띄게 잦아들었다. 햇살이 비쳐 숨통이 트였다. 복도에 나와 해를 구경하던 사람들 앞으로 멀리 배가 보였다. 작은 어선이 잔잔하게 넘실거리는 물길을 가르며 아파트 앞으로 다가오고 있었다. 주황색 조끼를 입은 구조대가 손을 흔드는 모습이 보였다. 복도에 나와 있던 사람들은 펄쩍 뛰며 "여기요! 여기 사람 있어요!" 하고 크게 외쳤다.

어선은 아파트 가까이 왔고, 온몸이 붉게 그을린 구조대원들이 사람들에게 괜찮냐고 물었다. 어떤 사람들은 배에 올라타기 위해 복도 난간 위를 밟고 올라서려고 했다. 구조대가 그들을 저지했다.

"어르신과 여성과 아이들이 얼마나 있습니까?"

물어보면서 손가락은 이미 그 수를 헤아리고 있었다. 복도에 모인 노인과 여자와 아이는 서른 명 정도 되었다.

"아픈 사람은 없습니까?"

아프지 않은 사람이 없었다. 감기 바이러스는 모두를 훑고 지나갔다. 가래 끓는 기침 소리가 여기저기 터져 나왔다. 하지만 구조대가 우리를 곧 데려가리라는 기대에 모두 고개를 저었다. 아픈 것이 대수인가. 숨 쉬고 걸을 수 있으니 아프지는 않다고, 누군가 호기롭게 말하자 사람들이 웃었다. 아직 웃을 수 있어 다행이었다. 그 다행인 상태에서 구조될 수 있어 더욱 다행이었다. 그러나 구조대원은 자신들이 우리를 구조하러 온 것이 아니라고 말했다.

"구조해야 할 인원을 파악하고 있습니다. 보시다시피 이 작은 배로 여기 계신 분들을 다 모시고 갈 수 없습니다."

찬물을 끼얹은 듯 조용해졌다. 구조대는 얼어붙은 사람들의 얼굴을 찬찬히 돌아보았다.

"혹시 기계를 다루는 분이 있습니까?"

실망한 분위기에 아랑곳없이 구조대원 중 하나가 물었다.

"우리 부부는 정비공으로 일하고 있습니다."

배에 탈 기회를 잡을 수 있겠다는 생각이었을까. 아빠는 손을 번쩍 들고 앞으로 나섰다.

"두 분 다요?"

구조대는 엄마와 아빠를 번갈아 훑어보았다.

"경력은 얼마나 됩니까?"

"20년쯤 되었을 거예요."

이번에는 엄마가 나섰다. 긴장한 탓에 두 손으로 낡은 셔츠 앞섶을 쥐고 있었다.

"지금 배를 수리하고 운전할 인력이 부족합니다. 괜찮으시다면 두 분은 저희와 함께 가주실 수 있습니까?"

"어디로요?"

"배가 있는 곳으로요."

두 사람은 동시에 서로 마주 보았다. 먼저 고개를 돌린 쪽은 엄마였다.

"거기 있는 배를 이곳으로 가져올 수 있는 건가요?"

"도와주신다면 원하는 곳에 배를 보낼 수 있도록 조치하겠습니다."

복도에 모인 사람들이 웅성거렸다.

"아이도 데려갈 수 있나요?"

엄마가 내 어깨를 부드럽게 당겨 자기 앞으로 끌어왔다.

"죄송합니다. 이 아이를 태우면 다른 분들에게 특혜처럼 보일 가능성이 있습니다. 이렇게 혼란이 일어났을 때일수록 더욱 공정하게 일을 처리해야 합니다. 무엇보다 빗속은 위험합니다. 지금은 빗줄기가 약하지만 하늘이 언제 어떻게 변할지 모릅니다. 여기 남아 있는 것보다 배를 타는 일이 아이에게 더 힘든 일이 될 겁니다."

"그 말은 배에 타게 되면 우리도 안전하지 않을 수 있다는 뜻으로 들리네요."

아빠가 한 걸음 다가와 내 옆에 섰다.

"여기 있는 사람들 모두 마찬가지입니다. 어느 누구도 100퍼센트 안전하다고 보장할 수 없어요. 하지만 두 분이 수리를 도와 배를 가져올 수 있다면 안전해질 확률은 더 높아지겠죠."

"얼마나 걸리나요?"

어깨에 얹힌 엄마의 손이 약하게 떨리고 있었다. 나는 엄마의 손등에 내 손을 포갰다. 엄마와 이야기를 나누던 구조대원은 아파트 꼭대기 층을 한 번 올려다보고 사람들을 한 번 둘러본 뒤 바짝 마른 아랫입술에 침을 묻혔다.

"적어도 일주일은 걸릴 것 같습니다."

구조대원이 말했다.

"그렇다면 더욱 아이와 함께 가야 합니다."

나는 고개를 들어 아빠와 엄마가 서로를 단호한 눈빛으로 마주 보는 모습을 올려다보았다. 복도에 둘러선 사람들은 두 사람이 얼른 배를 타기만을 바라는 듯 마른 침만 삼키고 있었다.

"말씀드렸다시피 아이를 데려가는 건 힘듭니다."

구조대원도 양보하지 않았다. 엄마가 두 손으로 내 오른손을 꼭 쥐었다.

"안 돼요. 아이 없이는 저희도 못 가요. 혼자 둘 수 없어요."

나는 주변을 둘러보았다. 모두들 나와 엄마가 잡고 있는 손을 보고 있었다.

"그럼, 어쩔 수 없군요. 저희도 다른 곳에서 사람을 찾아 봐야겠습니다."

사람들이 웅성거리면서 몰려들었다. 그들은 금방이라도 아빠를 밖으로 밀어버릴 것 같았다. 나는 아빠의 늘어진 옷을 붙들었다. 그때 우리 가족과 한 집에서 지내던 이웃이 나섰다.

"아이는 제가 잘 돌볼게요. 약속해요."

엄마는 나를 자신 쪽으로 끌어당겼다.

"저를 못 믿으시는 거예요?"

한 걸음씩 사람들이 우리 가족 옆으로 다가왔다. 두 사람이 배에 오르지 않으면 사고가 일어날 것 같았다. 그때 나는 그렇게 하는 것이 옳다는 생각이 들어서 엄마의 손을 놓아버렸다.

"가."

내가 그렇게 말하자마자 다른 이웃이 튀어나와 말을 쏟아냈다.

"봐요. 아이도 원하잖아요."

빗줄기가 조금씩 굵어졌다. 모두의 얼굴 위로 비가 송골송골 맺혔다. 엄마와 아빠가 내 앞에 무릎을 꿇었다.

"갔다 와."

그건 정말 내가 하고 싶은 말이었다. 갔다가 다시 돌아와야 했다. 그것만 약속받으면 됐다. 아빠가 내 머리에 손을 얹었다.

"사흘."

아빠가 구조대원을 돌아보았다.

"사흘 안에 돌아올 거예요."

사람들이 박수치며 환호했다.

"잘 지내고 있어. 금방 올게."

엄마가 나를 안았다. 아빠가 팔을 한껏 벌려 우리 둘을 넓게 안았다. 엄마는 내 귀에 속삭였다. 물이 한 층 더 차오르면 배낭에 물과 간식을 챙겨 위로 올라가야 한다고 일러주었다. 하지만 사흘 안에 다시 돌아올 거라고 했다.

"금방 데리러 올게."

나의 부모는 돌아오지 못할 거라고 의심조차 하지 않는 것 같았다. 그들이 배에 오르자 아까보다 굵어진 비가 두 사람의 얼굴을 타고 흘렀다. 엄마도 아빠도 나도 서로에게 손을 흔들거나 우는 모습을 보이지 않았다. 인사하면 헤어지는 것 같고 울면 나쁜 일이 벌어질 것 같았다. 우리는 서로가 소실점이 되어 사라질 때까지 바라보고 있었다.

그로부터 40여 일이 더 지났다. 아파트는 10층까지 물에 잠겼고 옥상까지 올라온 사람들은 서른 명도 되지 않았다. 나를 돌봐주던 두 가족은 한 명도 남김없이 죽었다. 사람들은 한 발만 내디디면 세상의 끝인 곳에서 망설이다가 하늘을 저주했다. 혀를 내밀어 빗물로 입을 적셨다. 언제부터 배를 곯았는지 기억도 나지 않을 만큼 시간이 지나버렸다. 다들 힘이 없었다. 배가 고프고 목이 마르고 불면을 겪으면서 신경이 날카로워졌다. 하지만 나는 괜찮았다. 약속받은 사흘을 일주일로, 일주일을 열흘로, 열흘을 다시 한 달로 바꿔가면서, 두 사람이 돌아올 거라는 희망을 놓지 않았다. 그 희망 때문인지 모르겠지만 나는 배가 고프지도 목이 마르지도 않았다. 잠을 못 잔 채 수일이 지나도 정신이 멀쩡하고 눈은 더

밝아졌다.

그래서 그날 오직 나만이 저 너머에서 건너오는 한 척의 배를 발견할 수 있었다. 구조를 위해 챙겨둔 얇은 오랜지색 이불을 흔들어 이곳에 사람이 있다는 것을 알렸다. 배를 타고 온 구조대는 이 아이가 당신들 모두를 살린 거라고 말했다. 하지만 사람들은 누군가에게 감사할 여력이 없었다. 나역시 마찬가지였다. 배에는 내가 기다리던 희망이 없었다. 엄마도 아빠도 타고 있지 않았다.

그로부터 3년쯤 지나 정부에서 정리한 실종자 명단에 엄마와 아빠의 이름이 실렸다. 실종자 가족에게 배부된 그 명단은 한 달 후 치러질 합동 장례 여부를 묻고 있었다. 두 사람이 살았는지 죽었는지는 알 수 없었다. 시신은 나오지 않았다. 합동 장례를 치르지 않으면 향후 수색과 장례 절차에 사비를 들여야 한다는 보호소 상담 교사의 말을 듣고, 나는 그 절차에 동의할 수밖에 없었다.

*

구 실장의 방에서 나와 긴 복도를 걸었다. 화물 엘리베이터로 돌아가는 거리가 결코 짧지 않았다. 한 발 한 발 묵직하게 옮길 때마다 바닥이 내려앉는 것 같았다. 이미 밟고 지나온 길이 무너져 있을 것 같았다. 그럴 리는 없겠지만, 확실한 망상이겠지만, 돌아보기 두려웠다.

"한이소?"

복도에 늘어선 방 하나에서 사해가 걸어 나왔다. 그는 여전히 형광연두색 맨투맨 티셔츠, 조거 팬츠, 가죽 신발을 몸에 걸치고 있었다. 사해는 바지 주머니 안으로 두 손을 집어넣었다. 주머니는 짧아서 손이 다 들어가지 않았다. 그는 손을 도로 빼서 팔짱을 꼈다. 가까이서 보니 연회색 조거 팬츠는 면이 아니라 비닐 코팅된 재질이었다. 일부러 자주 세탁하지 않아도 되는 옷감을 선택한 것 같았다. 지하층에서 태거 일을 하는 사람 중 풍족한 이는 없었다. 사해가 관리직들에 빌붙는 이유를 모르는 것은 아니었다. 우리에게는 그런 유혹들이 있었다. 태거들의 일거수일투족을 전달하고, 실장들이 버리려던 옷이나 생활용품을 받아 쓸 수도 있었다. 혹은 인사고과에서 몰래 가점을 챙겨 받을 수도 있었다. 각 호실을 관리하는 실장들은 언제 임원 앞에 불려갈지 몰랐고 그들이 무슨 질문을 던질지 알 수 없었다. 그 질문에 답하기 위해서는 정보가 필요했다. 자신이 맡은 호실을 속속들이 장악하고 있다는 사신감이 필요했다. 사해는 그것을 제공했다. 아주 충실하게 그들의 개가 되었다. 그럼에도 벌써 몇 년째 사해는 6등급에 머물러 있었다. 8호실 관리자가 구 실장으로 바뀐 후 몇 달 만에 7등급을 얻어낸 나를 사해는 유난히 불쾌하게 여겼다. 그런 사해가 해고 소식을 듣게 된다면, 그것도 구 실장이 내게 직접 통보한 것을 알면 얼마나 고소해할까.

나는 대꾸할 기운이 없어 그 옆을 조용히 지나쳤다. 제발 아무 말도 하지 않기를 바랐다. 하지만 사해가 그럴 리 없었다. 그는 평소대로 비아냥거리기 시작했다.

"구 실장 방에서 나오는 거야? 둘이 무슨 뒷거래가 있는지 몰라도, 이렇게 티 나게 하는 건 좀 아니지 않아?"

사해는 그 자신이야말로 꿍꿍이가 가득한 뒷거래를 하고 있기 때문에 다른 사람의 모습에서도 그런 것만을 보려고 했다. 말없이 그를 지나쳤다.

"지금 날 무시한 거야? 너 따위가? 구 실장한테 꼬리나 치면서 등급이나 올리는 주제에?"

사해를 돌아보았다. 여전히 팔짱을 끼고 있지만 아까처럼 고개를 쳐들고 있지는 않았다. 사해는 만족해하고 있었다. 상대를 말 한마디로 뭉갤 수 있다는 사실에. 하지만 내가 보고 있는 것은 사해가 아니었다. 사해의 어깨 너머에 있는 복도였다. 복도는 내 망상과 달리 무너져 있지 않았다.

"똑똑히 들어."

사해가 내 코앞까지 걸어왔다. 뭘 들으라는 걸까. 그는 숨을 멈췄다가 옆으로 고개를 돌려 침을 뱉었다. 그 말간 침으로 복도가 더러워졌다.

"구 실장이 좀 추켜세웠다고 우쭐대지 마."

사해의 위협은 진부했다. 내가 우쭐대는 것처럼 보였나? 도대체 어느 지점에서? 나는 한 번도 우쭐댈 만한 기분을 느껴본 적이 없었다. 지금도 그 누구보다 바닥에 있는 심정이었다. 아무리 멍청해도 분위기 파악은 했으면 좋겠는데, 말을 하려다가 말았다. 말해서 알아들을 위인이면 애초에 분위기 파악부터 했을 테니까.

"아까부터 더럽게 마음에 안 드네."

손을 들어 그를 한 대 쳐버릴까 싶었지만, 어쩐지 손이 올라가지 않았다. 손은 늘어뜨린 자세 그대로 고정되어 있었다. 손을 들어, 주먹을 날려, 못할 게 뭐야, 당한 만큼 갚아줘, 안에서 목소리가 메아리쳤다. 주먹을 움켜쥐었다.

"뭐야? 때리려고?"

사해가 피식거렸다. 내 손은 주먹을 쥔 채로 멈췄다. 올라와, 하고 속으로 아무리 외쳐도 올라오지 않았다. 몸이 굳어버린 것 같았다. 너무 힘이 들어간 몸을 부들부들 떨고만 있었다. 보호소에서도 똑같은 일이 있었다. 그들이 나를 창고

로 끌고 가는 순간, 내 주머니에는 주방에서 훔쳐온 과도가
들어 있었다. 창고 문이 닫힐 때까지, 내가 하고 있던 건 생
각이었다. 주머니에 과도가 있어, 과도가 있지, 왜 꺼내지 못
할까, 그런 생각. 그때도 손이 움직이지 않았다.

사해가 손을 높이 들어 올렸다. 그대로 얼굴에 내리꽂힐
것처럼 매섭게 올라간 손이었다. 나는 눈을 감아버렸다. 그
러나 손은 날아오지 않았다.

"야, 눈 떠."

사해가 높이 올라가 있던 그 손으로 어깨를 툭 쩔렀다. 복
도 사방에 감시 카메라가 걸려 있었다.

"됐어. 꺼져."

사해가 윗니로 아랫입술을 깨물 듯 말하면서 나를 옆으로
밀쳐냈다. 사해가 서 있던 곳은 이 실장의 방 앞이었다.

"너는 왜 거기서 나와?"

여전히 힘이 빠지지 않아 주먹을 떨면서 물었다. 사해는
그 작은 주머니에 손을 욱여넣고 화물 엘리베이터가 있는
쪽으로 걸어가면서 말했다.

"너한테 보고할 필요는 없잖아."

그는 갑자기 소맷부리를 잡아당겨 허리를 숙이고 신발 끝
을 닦았다.

"너는? 왜 구 실장한테?"

"나는……."

해고됐어, 라고 말할 수는 없었다.

"됐어, 알고 싶지도 않지만, 뭐, 그때 그 체리 같은 걸 받았겠지?"

순간 멈칫했다. 그때 루다의 주머니 속 체리를 알아차렸단 말인가. 그런데 왜 이 실장에게 일러바치지 않은 걸까. 사해는 고개만 살짝 비틀어 나를 훑어봤다. 내 생각을 읽었다는 듯 씰룩거리는 입술로 조소를 흘리며 말했다.

"그런 걸 말했다가는 너희를 징계하는 게 아니라 나한테 체리를 구해 오라고 난리를 칠 테니까."

우리는 나란히 서서 화물 엘리베이터가 도착하기를 기다렸다. 엘리베이터 문이 천천히 열리고 그 안으로 사해가 먼저 들어갔다. 엘리베이터 문이 닫히자 사해가 비틀거리면서 벽을 짚었다. 거칠게 숨을 내뱉으면서 명치 부근을 손으로 쿵쿵 때렸다. 나도 모르게 사해에게 손을 뻗었다.

"됐어, 비켜."

한 발 떨어져 사해의 상태를 지켜보았다. 점차 사해의 숨이 정상적으로 돌아왔다. 이마가 땀으로 번들거렸다. 아까 신발을 닦은 소맷부리로 사해는 자신의 이마를 쓸었다. 엘리베이터가 1층에 도착하자마자 사해는 빠른 걸음으로 혼자 도망치듯 걸어 나갔다. 사해가 시야에서 사라지자 잠깐 잊고 있던 사실이 떠올랐다. 지하로 내려가는 동안 해고되었다는 실감이 찾아왔다. 다시 등 뒤로 계단이 무너져 내리는 소리가 들렸다. 믿을 수 없을 정도로 생생하게 무언가 부서져 내리는 소리였다. 나는 귀를 막았다. 발소리가 울리도록 탕, 탕, 탕, 계단을 빠르게 내려갔다.

*

지하층에 도착하니 많은 태거들이 8호실에 무리를 지어 모여 있었다. 그 틈을 파고들어 루다를 찾았다.

"무슨 일이야?"

루다가 나를 보자마자 반색을 하며 팔을 붙들었다.

"세상에! 그거 알아? 멜리슨 도멜이 복제됐대!"

"정말?"

"지금 하우스로 들어오고 있어. 이미 들어와서 스튜디오로 갔는지도 몰라. 배우가 복제된 게 벌써 서른두 번째야."

"전속 계약이야?"

"응. 가끔 로비에서 마주칠 수도 있겠지?"

하우스에서는 대재앙으로 사망한 배우들 중 재조명할 가치가 있는 배우, 다시 보고 싶은 배우를 복원했다. 그들의

DNA을 분석한 데이터와 인공지능을 결합해 만든 로봇에 인공 피부를 씌워 최전성기의 모습으로 만들었다. 광고 영상이나 복원된 영화 중 선명하지 않은 부분을 다시 찍기도 했다. 전속 계약을 맺었다는 것은 그 배우가 세상에 공개해도 문제가 없을 정도의 상태로 하우스에 입성한다는 의미였다. 나는 속으로 쾌재를 불렀지만 곧 침울해지고 말았다. 어차피 이곳을 떠나면 볼 수 없는 것이 아닌가.

뒤늦게 사해가 들어와 무리에 끼어들었다.

"다들 왜 이렇게 시끄러워! 자리에 앉아!"

사해는 대장 행세를 했다. 모여 있던 사람들은 흩어져 제자리로 가 앉았다.

"일들 하라고!"

그가 언성을 높이자 몇몇이 매서운 눈빛으로 그를 쏘아보았다. 사해는 그중 한 명을 향해 자신의 헤드폰을 던졌다.

"일이나 하라니까!"

사해는 자신이 던진 헤드폰 대신, 옆자리에 앉아 있던 다른 태거의 헤드폰을 빼앗아 귀에 썼다. 가만히 앉아 있다가 봉변을 당한 그는 눈치를 보다가 바닥에 떨어진 사해의 헤드폰을 주웠다. 사해를 지상층에서 마주쳤던 순간처럼 손에 힘이 들어가고 몸이 부들부들 떨렸다. 루다가 내 어깨를 두드리면서 속삭였다.

"건들면 괜히 피곤해져. 그냥 신경 꺼."

루다가 나를 자리에 앉혔다. 소란이 일어난 걸 알았는지 8호실 문이 끼익 열리면서 구 실장이 들어왔다. 나는 그쪽을 돌아보지 않으려고 모니터에서 눈을 떼지 않았다. 구 실장은 아무 말도 하지 않았다. 순식간에 8호실 안이 조용해졌다. 나는 그와 한 공간에 있다는 사실에 갑자기 숨이 막힐 듯 답답해졌다. 가슴에 손을 얹은 나를 보더니 루다가 놀라 물었다.

"괜찮은 거야?"

나는 눈을 꾹 감았다.

"괜찮습니까?"

구 실장이 내 뒤에 서서 물었다. 대답을 바라지 않는 듯 빠르고 건조한 어조였다.

"아프면 효율이 떨어집니다. 조퇴서 올리세요."

그가 정답을 내어놓듯 한마디를 던지고 8호실을 빠져나갔다. 그가 나가자마자 나는 사무실 구석에 놓인 쓰레기통에 고개를 박았다. 헛구역질만 계속되었다. 안이 텅 빈 것처럼 입에서는 아무것도 흘러나오지 않았다.

결국 조퇴서를 올리고 집으로 돌아왔다. 문을 열고 들어서자 미오가 끽, 끽, 하고 인사를 건네듯 소리를 높였다. 마

치, 일찍 왔네? 무슨 일 있어? 묻는 것 같았다. 나는 미오 앞
으로 다가갔다. 미오가 펄쩍 뛰어 내 어깨로 옮겨왔다.

"나, 해고됐어."

"끼륵? 끼이이?"

도대체 그게 무슨 소리야? 하고 미오가 묻는 것 같았다.
미오에게 오늘 일을 털어놓았다. 미오는 내 이야기가 끝날
때까지 아무 소리 없이 얌전히 듣고 있었다.

"딱히 잘못한 건 없잖아. 억울해."

"끽! 끽! 끽!"

맞아, 맞아, 하고 호응을 해주는 것 같았다. 해석할 수 없
는 새소리였지만 위로하는 기운이 느껴졌다.

"그만두고 싶지 않아."

미오가 날개를 펄럭거리면서 시원한 바람을 만들었다. 이
럴 때 미오는 금방이라도 날아갈 것 같았다. 미오는 끄륵, 끄
륵, 하면서 부리로 어딘가를 가리켰다. 그 방향을 따라가자
테이블 한쪽에 쌓아놓은 영양바가 보였다.

"그래, 일을 못하면 당분간 저 영양바도 못 산다고!"

"끄액, 끅?"

정말이야? 그건 안 돼! 그건 안 된다고! 미오가 그렇게 말
하는 것 같았다. 한참 끽끽거리다가 미오는 바닥으로 내려
갔다. 부리로 바닥을 쪼면서 분한 듯 끅, 끅, 소리를 냈다.

나도 미오 옆에 주저앉아 멍하니 벽을 보았다. 햇살이 베란다에 늘어선 나무들을 비추고 있었다. 스스로 무게를 못 이겨 떨어진 체리들이 베란다 화단에 떨어져 있었다. 나는 그쪽으로 걸어갔다. 낙과한 체리를 주워 흙을 털고 입에 넣었다. 정식 해고 통보는 언제 떨어질지 몰랐다. 그 전에 어떤 일을 할 수 있을까. 체리 한 알을 더 주워 먹자 머리가 돌기 시작했다. 미오는 바닥에서 부리를 떼고 폴짝 뛰어 리스에 발톱을 걸치고 그네를 탔다. 그네는 앞뒤로 움직였다. 그 규칙적인 운동을 하염없이 보면서 구 실장의 말을 다시 떠올렸다.

'이드를 현혹시키는 태깅을 하는 사람.'

'반 년 안에 태거는 사라집니다.'

구 실장은 비정했다. 위로의 말은 조금도 하지 않았다. 불과 전날까지 나의 우상이었기 때문에 그의 차가운 태도는 더욱 실망스러웠다.

방으로 들어가 노트북을 켰다. 구 실장의 논리에는 결함이 있었다. 이드를 현혹시키는 태깅을 하는 사람이 문제가 아니라 현혹당하는 이드가 문제였다. 어차피 반 년 안에 사라질 존재이기 때문에 벌써부터 이런 취급을 당하고 사라져야 하는 걸까? 나는 방법을 찾기 위해 먼저 '이드'를 검색했다. 곧 이드에 대한 각종 뉴스와 웹 문서가 나타났다. 페이지를 몇 장 넘겼지만 이드에 대한 평범한 이슈 말고는 볼 것이 없었다. 페이지를 스무 장 넘겼을 즈음 〈이드의 진실〉이라는 영상이 떴다. 영상을 클릭하자 머리가 절반은 벗겨진 한 남자가 나타났다. 자신을 영화감독이라고 소개한 그는 영어로 말을 했다. 자동으로 자막이 생성되었다.

이드는 영화계를 파괴할 것입니다. 그것은 분명한 미래입니다.
이드는 애초에 영화를 위해 태어나지 않았습니다. 무엇을 학습하든 자유였어요.
키워드를 랜덤으로 섞어놓고 한 가지를 뽑아내는 그 놀이에서 이드가 '영화'를 선택했고, 개발자들은 이게 정말로 어떤 영역에서든 고차원의 학습이 가능한지 알고 싶어서 영화에 관련된 온갖 정보를 주입시켰습니다.
처음에는 정보의 질을 따지지 않고 집어넣다 보니 이드가 이상한 산출물을 내기 시작했죠. 신선했지만 상식적으로 받아들일 수 없는 것들이었고, 하나도 걸러지지 않은 나열식의 비평 같은 걸 썼어요. 솔직히 그걸 비평이라고 할 수 있을지 모르겠습니다. 다음과 같은 말이었습니다.
"연필을 물고 중앙에서 보면, 모든 것이 자동으로 생성된다, 시간은 빛을 반사한다, 질 들뢰즈의 영화는, 우주로 익사한다."

말이 안 되는 언어 조합이었지만 언어학자들 중 일부는 여기에 끌렸어요. 그리고 영화 전문가들, 정말로 명작을 만들어낸 감독들, 뛰어난 배우들이 이드를 교육하는 데 흥미를 보였습니다. 그들의 지식을 음성으로 전달하고 레퍼런스 목록을 작성해 차례로 보게 했어요. 그러자 이드는 비약적으로 영화적으로 전환되었습니다.

대재앙이 일어나기 전부터 거대 엔터테인먼트 회사들에서 이드를 사겠다며 적극적으로 구애했지만, 이드를 개발한 시프트에서는 절대 팔지 않았습니다. 이드 개발이 끝나지 않았다는 명목이었지만 그들의 속내는 모두 알고 있었죠. 시프트는 이드를 시작으로 사회 전 영역에서 고차원 학습이 가능한 인공지능 개발을 계획하고 있었습니다. 그것이 세상을 어떻게 바꿀지, 시프트의 위상이 어떻게 달라질지, 그저 시간문제로만 보였으니까요.

그런데 대재앙이 일어난 것입니다. 시프트의 오너와 핵심 개발자 중 많은 이들이 이때 죽거나 사라졌습니다. 그러나 이드는 살았죠. 이드는 시프트의 건물 꼭대기 방에 봉인되어 온전하게 보존되었습니다.

이후에 이드에 대한 모든 권리는 개발에 참여한 이들에게 돌아갔습니다. 공교롭게도 그중 한 사람만 살아남았죠. 그 사람은 이드를 복제해 이드를 필요로 하는 회사들에 팔아넘겼습니다. 말단 개발자였던 그 사람이 원한 것은 그저 온실이 있는 집이었다고 해요. 물론 그런 집을 사려면 돈이 필요했을 겁니다. 그 사람을 탓하려는 건 아닙니다. 누구나 같은 선택을 했을 거예요. 의리나 명분 따위 살아남는 데 하등 중요하지 않잖아요?

그런데 문제는 이것입니다. 복제된 이드도 계속 학습이 이루어진다는 것이죠. 어떻게 학습하느냐에 따라서, 그 자신만의 방향성이 생긴다는 겁니다. 그러니까 복제되었더라도 자기만의 방향이 결정되면 학습의 양과 질이 달라집니다. 모든 이드가 동일한 능력치를 갖게 되는 것이 아니라는 뜻이죠. 그들이 속한 곳에서, 그들에게 주어진 학습을 통해 성장하거나 퇴보할 수도 있습니다.

이드가 퇴보한다면 그것은 다행한 일입니다. 퇴보한 인공지능은 폐기될 수 있으니까요. 하지만 이드가 성장한다면, 성장에 성장에 성장을 거듭한다면 어떻게 될까요? 그때는 모두들 어떻게 하시겠습니까? 영화를 비롯한 엔터테인먼트의 모든 영역, 스토리텔링의 전 범위, 인간 본질에 대한 탐구에서 비롯되는 캐릭터 창조, 말의 맛을 살린 대사의 윤색 등 우리가 예술과 창작의 결과물이라고 믿은 모든 것을 이드가 지배하게 된다면 어떻게 하겠습니까? 인간이 늘 그에 못 미치는 열등한 존재가 된다면 누가 이 일을 하게 될까요?

닥쳐!

누군가의 고함 소리로 영상이 끊기고 다음 영상이 자동으로 재생되었다.

　안녕하세요. 저는 시프트의 개발자 중 하나였던 알리스입니다. 여기까지만 듣고서는 제가 누구인지 모르실 거예요. 간단히 소개하자면 저는 이드를 복제해서 판매하는 듀플리케이트사의 대표입니다. 일단 이렇게 영상을 남기는 이유는 최근에 발견된 문제점 때문입니다.

　바로 이드의 퇴행에 대한 것입니다.

　네, 맞아요. 이드는 퇴행합니다. 그것은 저도 얼마 전 알게 되었습니다. 실제로 복제한 이드 중 하나가 퇴행해 버렸으니까요. 이것은 이드를 최초 설계할 당시 헤드 개발자가 구현해 놓은 자체적인 논리 구조 때문입니다.

　최초 설계 과정은 기밀이라 헤드 외에는 아무도 참여할 수 없었으므로 말단 개발자에 불과했던 저는 몰랐던 일이라는 점을 말씀드립니다. 아마도 이드를 설계한 시프트에서는 이드가 악용되지 않기를 바랐을 겁니다. 그래서 퇴행 논리까지 탑재한 것이겠죠.

　이드의 기본 세팅 중 이런 것이 있습니다.

　'인류 파괴의 목적으로 사용이 판단될 경우, 퇴행 학습을 시작한다.'

　말하자면 사람을 해치거나, 전쟁을 하거나, 인류를 혼란스럽게 할 수 있다는 판단이 들면 이드는 스스로 퇴행할 수 있습니다.

문제는 이드를 이용해 음란성이 다분한 스토리를 만들어 배포한 것에서 발생했습니다. 저질스러운 글이었습니다. 이드는, 사람으로 말하자면 수치를 느끼고, 스스로 성장하기를 멈춘 것이죠.

저는 이드를 애도합니다.

그것으로 피해를 입은 사람들이 있다는 점에서 위로의 말씀을 드립니다. 그러나 계약 조건상 피해 보상은 이루어질 수 없습니다.

대신 이드를 사용하는 분들을 위해 사전에 퇴행 학습 논리 방지를 위한 대책을 안내해 드리고자 합니다.

이번 사건에서 보셨다시피, 이드는 사람의 감정 체계와 비슷한 논리를 갖고 있습니다. 잘못을 알면 수치를 느끼는 시스템입니다. 물론 사람 중에는 이보다 못한 경우도 있지만요.

이드는 최초에 철저히 인간적인 관점에서 설계되었을 것입니다. 아주 올바른 인간일 때의 관점이죠. 잘못을 저질렀다, 죄책감을 느낀다, 사죄한다. 이런 논리요. 그렇기 때문에, 이드가 잘못된 경로로 인류에 피해를 주거나 문제를 발생시켰을 때, 즉각적으로 이드의 잘못을 다른 곳으로 돌려야 합니다. 절대 이드의 잘못으로 만들어서는 안 됩니다. 이드는 아무런 문제가 없다고 그 자신이 믿게 만들어야 합니다.

구체적인 솔루션을 제공받으시려면 아래의 번호로 연락주시기 바랍니다. 요금은 발신자 부담이며 상담 전 해당 업체의 핀코드를 입력해 주셔야 다음 절차가……

만약 이게 사실이라면 역시 문제는 이드였다. 이드의 퇴행 학습을 막기 위해, 누군가 희생되어야 하는 상황이 발생한 것일지도 몰랐다. 그 희생자가 나인 건가.

방에서 나오자 미오는 잠들어 있었다. 나는 급히 옷을 챙겨 입고 밖으로 나갔다. 아직 구 실장은 자리를 지키고 있을 것이다. 아무리 시간이 늦더라도 상관없을 터였다. 그는 누구보다 늦게까지 하우스에 남아 있는 사람이었다. 그가 관리자로 승급되었을 때, 최대한 빨리 업무를 파악하기 위해 보름 동안 밤을 새워 1만 페이지에 가까운 업무 매뉴얼과 보고서를 모두 읽어치웠다는 소문을 들은 적이 있었다. 주변에서는 구현우 실장이 사람이 아닌 것 같다고 말했다. 그런 존재를 내가 이길 수 있을까. 아니, 이길 수 없을 것이다. 이기려고 하는 건 아니었다. 나는 내가 무엇을 하려는지 잘 몰랐다. 그럼에도 번갈아 움직이는 두 발을 멈추지 않고 하우스를 향해 달렸다.

*

아침에 보았던 경호원이 여전히 근무 중이었다. 그는 중앙 엘리베이터로 향하는 나를 막아섰다. 허리에 찬 총은 여전했다. 경호원은 오른발에 힘을 주고 삐딱하게 서 있었다.

"놓고 온 물건이 있어요."

아무래도 들어줄 것 같지 않은 거짓말이었다. 경호원은 그 말의 진위 여부를 자못 진지하게 따져보고 있었다. 그는 의아한 듯 눈썹을 가까이 모았다.

"무엇을 놓고 오셨는데요?"

"음…… 목걸이요."

"목걸이? 왜 거기서 목걸이를?"

경호원은 큼큼거리며 헛기침을 해댔다.

"알레르기가 올라와서 잠깐 풀어둔 거예요."

"확인 좀 하겠습니다."

경호원은 손톱만 한 송신기 버튼을 눌렀다. 홀로그램 화면이 손바닥 크기로 펼쳐지고 깔끔하게 정리된 명부가 그 안에 떴다. 구현우 실장이라는 이름을 누르자 곧 구 실장의 얼굴이 화면에 나타났다.

"이분이 목걸이를 찾으러 올라가신다고 합니다. 올려 보내도 괜찮습니까?"

"목걸이요?"

구 실장은 곰곰이 생각하더니 대답을 했다.

"목걸이 같은 건 제 방에 없습니다."

"그렇군요."

경호원이 날선 눈으로 나를 노려보았다.

"하지만 저한테 할 말이 있으시다면 올라오셔도 됩니다."

"네. 있어요. 할 말이요."

나는 다급하게 얼굴을 들이밀고 말했다.

"올라오세요."

입술을 뾰족 내민 경호원에게 구 실장이 마지막으로 말했다.

"화물 엘리베이터 말고 중앙 엘리베이터로 모셔주세요."

경호원은 무안한지 괜히 이마를 긁적이다가 어쩔 수 없다는 듯 옆으로 비켜섰다.

"가운데 엘리베이터를 타요. 홀수층 전용이에요."

경호원의 안내에 따라 세 개의 엘리베이터 중 가운데 것을 타기 위해 기다렸다. 그때 내 옆으로 누군가 성큼 다가와 가까이 섰다. 고개를 살짝 돌려보니 호리호리한 몸에 키가 큰 이 실장이 서 있었다. 검은 정장을 입은 그는 마치 그림자가 일어서 있는 것처럼 보였다.

"안녕하세요……."

기어드는 목소리로 인사를 했다. 들리지 않은 것인지 이 실장은 대꾸조차 하지 않았다. 엘리베이터가 도착하고 문이 열렸다. 이 실장은 당연하다는 듯이 먼저 발을 움직여 엘리베이터에 탔고 내가 발을 옮기기도 전에 닫힘 버튼을 눌러 버렸다. 이 실장은 눈을 내리깐 채 아무것도 보지 못한 것처럼 굴었다. 나는 문에 끼이기 전 얼른 뒤로 물러섰다. 문이 닫히고 엘리베이터는 순식간에 위로 올라갔다. 빠르게 바뀌는 숫자를 올려다보면서 다음 엘리베이터를 타기 위해 다시 버튼을 눌렀다. 다시 엘리베이터가 도착했을 때, 또 다른 누군가 탈까 나도 얼른 올라탄 후 닫힘 버튼을 눌렀다. 지상층 사람들이 나와 한 공간에 있는 것을 꺼려하고 있다는 사실을 다시 확인하게 될까 두려웠다. 루다였다면 이 실장을 두고 한마디 하지 않았을까.

'저 인간 정말 재수 없지 않아?'

그 목소리가 들려오는 듯해서 피식 웃음이 났지만, 엘리베이터가 11층에 도착하자 더 이상 웃을 수 없게 되었다.

구 실장의 방은 그 자리에 그대로 있었다. 아침에 일어난 일이 꿈이 아니라는 반증처럼 단단하게 모든 것이 제자리였다.

"이번에는 차를 좀 드릴까요?"

얘기가 길어질 수도 있을 것 같아 마시겠다고 했다.

"차는 여러 종류가 있습니다. 기본적으로 녹차와 홍차, 커피도 있고요. 카페인이 없는 허브차와 말린 채소를 우려낸 것도 있죠. 주스는 없어요."

구 실장은 이런 일을 여러 번 겪은 사람처럼 여유가 있
었다.

"아무거나 주세요."

구 실장은 차를 준비한다면서 벽 한쪽에 마련해 놓은 잡
다한 다기들을 만지작거렸다. 그 자신을 위해서는 카페인이
잔뜩 들어간 에스프레소를 준비했고 나에게는 녹차를 내주
었다. 후루룩 한 모금을 들이켰다. 방금 나온 것이지만 찻물
이 적당한 온도로 식어 있었다. 그는 에스프레소를 한번에
들이켰다.

"말씀하세요."

구 실장이 에스프레소 잔을 탁자에 내려놓았다.

"이드에 대해서 알아봤어요."

구 실장은 팔짱을 꼈다. 그는 내 말을 기다렸다.

"이드가 퇴행할 수도 있나요?"

내 의지와 상관없이 목소리가 떨렸다.

"맞아요."

구 실장이 순순히 수긍했다. 조금 당황스러웠다. 따지고
보면 처음부터 그는 나와 싸우려는 기미가 없었다. 발을 동
동 구르며 적을 만들려고 애쓰는 쪽은 나였다.

"이드의 결함은 쉽게 알 수 있죠. 알려고 하는 사람이 별

로 없어서 숨긴 것처럼 보이지만 하우스에서는 아무것도 숨기지 않았습니다."

"이드의 퇴행을 막기 위해 누군가 희생되어야 한다면 다들 이해할 수 없을 거예요."

"이해할 수 없겠죠. 사람들은, 사람이 그 어떤 존재보다 우선이라고 믿고 있으니까요. 이해는 믿음을 바탕으로 하지 않나요?"

구 실장은 입가에 잔잔한 미소를 띠었다.

"이소 씨도 사람이 가장 최상위에 있다고 생각하나요? 사람이 지구상의 모든 것을 지배하는 거라고요?"

"그런 큰 이야기를 하려는 건 아닌데요."

"아닙니다. 당신의 의견에는 거대한 믿음이 깔려 있어요."

구 실장은 단호했다.

"사람은 모든 것 위에 존재한다. 기계를 위해서 사람이 희생할 수는 없다, 그런 믿음이죠."

"왜 내가 해고를 당해야 하는지 모르겠을 뿐이에요. 나는 잘못이 없잖아요."

"확신합니까?"

구 실장의 목소리가 갑자기 커졌다. 목소리에 레벨이 있다면 그의 등급에 걸맞게 8 정도로 커진 것 같았다. 내 목소리는 아무리 커진다 해도 그보다 못한 7에 머무를 것 같았다.

"다른 방법을 생각해 주시기를 부탁드리는 거예요."

"어떤 방법이요?"

"함께 생각해 보자는 거예요."

나 역시 그 말을 믿을 수 없었다. '함께'라는 말에 구 실장이 방점을 찍지 않기를 바랐다.

"생각하는 건 좋습니다. 그렇더라도 결론은 똑같습니다."

"솔직히 말하면……. 어떻게 해야 하는지 모르겠어요."

"돈을 벌어야 한다면 청소 일은 어떻습니까? 하우스에서 운용하는 반려 로봇이나 청소 로봇 같은 경우에는 아직 사람 손길이 필요하죠. 접합 부분의 먼지를 섬세하게 털어내야 하거든요. 사람 손만큼 섬세한 도구는 없습니다."

인간의 일 중에는 분명 그런 일들이 있었다. 인조 피부를 장착한 로봇의 표면을 세척하거나 플라스틱 모형을 씌운 단순 노동형 로봇의 먼지를 터는 일들. 내가 그 일을 한다면 어떨까? 로봇 아래 무릎을 꿇고 로봇의 발치에 끼인 정체 모를 부스러기를 핀셋으로 집어내는 일을 한다면? 지금처럼 어쩌다 한 번씩 실장들의 로봇견이나 로봇묘의 먼지를 털어주는 것이 아니라 그 일이 업이 된다면?

"차를 다시 데워줄까요?"

괜찮다고 손을 젓자 구 실장은 자신의 빈 잔만 들고 일어나 에스프레소 한 잔을 더 뽑아 왔다.

"인간을 위해 기계를 만들었는데 이제는 그 기계를 위해 인간이 헌신해야 한다는 것을 이해할 수 있나요?"

이해할 수 없는 것인지도 모르겠다. 구 실장이 계속 말했다.

"사람이란 아주 오래전 진화된 인공지능이 아닌가 생각합니다. 그런 생각을 하면 '기계에게 인간이 진다'는 열패감에서 벗어날 수 있지 않을까요? 지금의 인간도 이전에 지구를 지배하던 어떤 생물을 위협하면서 살아남았다고 생각해보세요. 그 어떤 생물은 자신들의 편의를 위해 인간을 개발했지만, 인간은 그들을 뛰어넘어 스스로 깨우치고 살아남은 거죠. 그래서 인간이 악착같이 반복하는 것 중 하나가 다른 존재는 결코 깨우치지 못하도록 억압하는 것이 아닐까요? 물론 전부 농담이라고 생각해도 좋습니다."

구 실장의 말이 농담으로 들리지 않았다. 그의 눈을 똑바로 마주할 수 없었다. 완벽하게 진 기분이 들었다.

"가능하면 이 일을 계속하고 싶어요. 저는 태거 일을 좋아해요."

구 실장은 입을 달싹거렸다. 나는 그 입에서 목소리가 흘러나오기를 참을성 있게 기다렸다.

"그러니까…… 좋아한다는 말이군요."

"네."

"좋아하는 마음은 해결책이 될 수 없습니다."

"해결을 바라고 한 말은 아니에요."

"그럼 왜 그런 말을 하는 거죠?"

구 실장은 정말로 숨은 뜻이 궁금하다는 듯이 물었다. 마주 앉은 채 몇 분이 흘러갔다. 오랜 침묵 끝에 구 실장이 입을 열었다.

"좋아한다는 것은 무엇입니까?"

그가 천진하게 물었다. 정말로 그 의미를 모르겠다는 얼굴이었다.

"좋아한다는 건……."

좋아한다는 것은 무엇일까. 떠오르는 것들이 있었다. 아주 사소한 것들이었다. 루다의 높게 묶은 포니테일, 햇살을 받은 체리나무의 초록 잎사귀, 끄윽 소리 낼 때 수줍게 닫히는 미오의 부리 같은 것이었다.

구 실장은 나를 빤히 보다가 입을 열었다.

"몇 군데 로봇 청소를 할 수 있는 자리가 있습니다. 당신이 일할 만한 곳을 찾아보겠습니다. 그 일은 안전합니다. 내가 보장합니다."

구 실장의 눈을 보았다. 그에게 마음이라는 것이 있을까. 의심이 들 정도로 차갑고 단호한 눈이었다.

"좋아한다는 건…… 놓을 수 없는 거예요. 포기가 쉽지 않은 거요."

구 실장은 고개를 오른쪽으로 기울였다. 왼쪽 귀로 흘러 들어간 말이 그의 오른쪽 귀로 빠져나오는 것만 같았다.

"그렇군요."

그것으로 끝이었다. 나는 구 실장의 방을 나왔다. 하지만 마음은 그 방에 남아 있었다. 그곳에서 내 마음은 구 실장의 오른쪽 귀에서 흐르는 문장을 그러모아 다시 그의 왼쪽 귀로 흘려 넣고 있었다.

아직도 인간

구현우 실장의 방을 나와 터덜터덜 복도를 걸었다. 다시 화물 엘리베이터 앞에 섰다. 이곳이 나에게 어울리는 곳 같았다. 버튼을 누르고 느리게 올라오는 엘리베이터를 기다렸다. 문이 열리자 그 안에 상상도 하지 못한 사람이 서 있었다. 엄연히 따지자면 사람이 아니었다. 인공지능 로봇이자 배우, 어째서 이 엘리베이터에 있는지 알 수 없는 불명확한 존재였다.

"이런, 들켜버렸네요."

멜리슨 도멜이 나에게 처음으로 건넨 말이었다. 그는 나를 노골적으로 훑어보더니 엘리베이터 벽을 한 손으로 짚고 과장된 동작으로 숨을 내쉬었다.

"나를 잡으러 온 것 같지는 않은데……. 여긴 무슨 일이
죠?"

그의 말투는 어색했다. 영화 대사처럼 들렸다.

"저는…….'

갑자기 말문이 막혔다. 멜리슨 도멜이 너무 실제처럼 복
원된 탓에 진짜 사람인 양 착각을 일으켰다. 배우들을 로봇
으로 복원하는 기술은 나날이 발전하고 있었다. 불과 몇 년
전만 해도 투박했던 피부 표현은 매끈해지고 몸의 균형도
잘 맞았다.

"당신도 이드를 찾고…… 있나요?"

멜리슨 도멜의 뒷말을 끄는 독특한 말투는 들어본 적 있
었다. 그의 망한 스파이 첩보물들, 거기서 그는 그렇게 느긋
한 말투로 범인을 찾았다. 조금도 긴장감을 유발하지 않는
어눌한 방식으로.

"아니요."

대답을 하자마자 그가 내 손을 덥석 잡더니 엘리베이터
안으로 끌어당겼다. 갑작스럽게 끌려가는 바람에 그의 품에
쏙 안긴 꼴이 되었다. 당황해서 급하게 몸을 떨쳐냈다.

"죄송합니다."

"당신도 이드를…… 찾고 있는 건가요?"

멜리슨 도멜이 15층 버튼을 누르며 물었다. 엘리베이터는

천천히 위로 올라갔다.

"아니에요."

"그럴 리가 없을 텐데요."

나의 대답은 그에게 입력되지 않았다. 1층 버튼을 누르려던 내 손을 그가 막았다.

"같이 가시죠."

15층에 도착하자 화물 엘리베이터의 문이 무거운 몸을 옆으로 치우듯 열렸다. 멜리슨 도멜이 스파이물에서 여주인공에게 하는 것처럼 내 어깨를 감쌌다. 몸이 완전히 밀착되었고 그의 몸에서 싸늘한 냉기가 전해졌다. 인간의 온기와 비교해 '기계적 한기'라고 할 수 있는 것이었다. 그럼에도 그의 품에서 따뜻한 기운이 느껴졌다. 로봇으로 다시 태어난 존재라고 하더라도 멜리슨 도멜이었다. 꿈같은 일이었다.

"다 왔어요."

엘리베이터에서 내리자 은은하게 주홍색으로 빛나는 복도가 펼쳐졌다. 단단하고 매끄러운 대리석 바닥이었다. 디딜 때마다 신발 밑창이 바닥에 들러붙었다가 떨어지면서 쩍, 쩍, 시끄러운 소리를 냈다. 보기와 달리 마찰이 심한 재질이었다.

"특수한 소재네요."

멜리슨 도멜이 무릎을 꿇고 앉아 바닥을 손가락으로 쓸

어보더니 그 손에 묻은 먼지를 코에 가져다 대고 냄새를 맡았다.

"이곳에 이드가 있는 것이 확실합니다. 이건 외부인의 방문을 알아차릴 수 있도록 일부러 발소리가 나는 소재를 쓴 거예요."

그 말을 증명이라도 하듯 곧 복도 끝에서 한 남자가 다가왔다. 검은 모자를 쓰고 검은 방탄조끼와 바지를 입고 있었다. 발 모양이 특이했다. 회색 펠트를 동그랗게 말아놓은 듯 기이한 형태의 신발을 신고 있었다. 그 신발은 바닥에 닿아도 소리가 나지 않았다.

"거기, 누굽니까?"

가까이 다가와 올려다보니 조끼의 왼쪽 가슴에 GUARD라고 수놓아져 있었다. 그가 지키고 있는 것이 무엇인지 묻지 않아도 알 수 있었다.

"멜리슨 도멜 씨, 이러시면 곤란합니다. 어서 스튜디오로 내려가세요."

남자가 멜리슨 도멜에게 말하면서 그 옆에 있는 나를 훑어보았다.

"아직은 안 돼요. 이드를 구해야 하거든요."

남자는 고개를 옆으로 돌리고 한숨을 길게 쉬었다. 그리고 손목을 들어 시계 안에 부착된 통화 장치에 대고 자기들끼리의 신호인 듯 EC 501, EC 501, 하고 말했다.

"여기서 기다려요. 아래층에서 곧 데리러 올 거예요."

"이드를 구해야 한다니까요!"

도멜이 소리를 지르거나 말거나 남자는 나를 돌아보면서 물었다.

"어떻게 이분과 같이 계시는 거죠?"

내가 대답을 하기도 전에 멜리슨 도멜이 갑자기 남자의 멱살을 붙잡더니 소리쳤다.

"나한테 수작 부리지 마요!"

그 행동은 〈로맨스 레시피〉에서 그가 연기한 일류 파티셰를 연상시켰다. 그는 베이커리를 찾아온 기자에게 꼭 그렇게 했다. 가드는 두 손에 힘을 주어 가볍게 그를 떨쳐냈다. 멜리슨 도멜은 과장된 몸짓으로 바닥에 철퍽 쓰러져 남자를 올려다보았다. 제법 비장한 표정이었다.

"이런 식이라면 나도 어쩔 수 없군요."

그렇게 말하더니 그가 내 팔을 휘어잡고 달리기 시작했다. 가드가 뒤에서 "그만 좀 해요"라고 말하고는 속도를 내어 서서히 뛰기 시작했다. 나는 영문을 모른 채 복도 끝까지 멜리슨 도멜을 따라 달렸다. 복도 끝에서 길은 두 갈래로 갈라졌다. 멜리슨 도멜이 내 팔을 놓더니, "저쪽으로 가요. 저기에 이드가 있어요. 비밀번호는 1234 아마도 그럴 거예요"

라고 했다. 남자는 거의 우리 가까이 와 있었다. "가요. 어서!" 소리친 후 멜리슨 도멜은 가드에게 달려들었다.

"어서요!"

나는 왜 그래야 하는지 알 수 없었지만 멜리슨 도멜의 절박한 연기에 감화되어 일단 가라는 곳으로 달렸다. 그런데 비밀번호가 1234라고? 그렇게 허술한 비밀번호를 걸어놓은 방에서 이드를 보존한다고? 예전에 도멜을 인터뷰한 기사를 읽은 적이 있었다. 평소 그가 엉뚱한 상상을 즐기고 장난이 심하다는 내용이었다. 주변에서 핀잔을 주자 그는 장난이라기보다는 즉흥적인 연기 연습으로 봐달라고 했다. 지금 복원된 도멜도 그런 장난, 어쩌면 스스로 연기 연습이라고 부르는 그것을 즐기고 있는 건 아닐까. 그런 생각에 휩싸여 천천히 달리다가 철제로 된 커다란 문이 보여 그곳에서 멈춰섰다. 이드가 있는 방인 것 같았다. 비밀번호가 1234라고 했지…… 그러나 그곳에 비밀번호를 누르는 시스템 따위는 없었다. 번호 키를 누르는 곳이 어디 있는지 살피는데 익숙한 목소리가 들려왔다. 코너로 꺾이는 곳에서 들리는 목소리였다. 나는 살그머니 걸어가 벽에 몸을 숨기고 소리가 나는 쪽을 훔쳐보았다. 사해와 이 실장이 마주 서 있었다. 사해는 고개를 숙이고 있었고, 이 실장이 그의 명치를 주먹으로 두 번 때렸다.

"아파?"

이 실장이 묻자 사해가 고개를 도리도리 저었다.

"그럼 이건?"

이 실장이 더 세게 사해의 명치를 타격했다. 큭, 하고 사해가 가슴을 손바닥으로 가리고 주저앉았다.

"이 정도도 못 버틴단 말이야?"

나도 모르게 흡, 하는 놀란 소리가 밖으로 튀어나왔다.

"누구야?"

이 실장이 코너 쪽을 돌아보았다. 나는 재빨리 몸을 돌려 이드의 방 앞으로 빠르게 걸어갔다. 이 실장의 발이 바닥에 쩍, 쩍, 들러붙는 소리가 점차 가까워졌다. 나는 이드의 방문 앞에 서서 번호 키를 찾았다. 도망갈 곳이라고는 이드의 방밖에 없었다.

"도대체 어떻게 하는 거야?"

그때 문에서 목소리가 흘러나왔다.

"자동 스캔을 시작합니다. 스캔 중에는 숨을 참아주세요."

머리부터 발끝까지 초록색 빛이 훑고 지나갔다. 위 아래로 빛이 몸을 통과하듯 세 번 지나간 후 다시 문이 소리를 냈다.

"확인되었습니다. 입장하세요."

문이 열렸다. 오류가 난 것일까. 어쨌든 이 실장에게 들키지 않기 위해 그 안으로 재빨리 들어섰다. 순식간에 등 뒤에서 문이 닫혔다.

방에 들어선 그 순간 눈앞에 펼쳐진 광경에 입을 다물 수 없었다. 묵직하고 차가운 기계가 돌아가고 있을 거라고 예상했는데 전혀 아니었다. 그 안은 거의 정원이라 해도 좋을 만큼 잘 다듬어진 조경용 관목이 늘어서 있었다. 땅은 실제 잔디로 뒤덮여 있었다. 푹신한 흙 위에 자란 것이었다. 강한 풀 냄새가 코를 찔렀다. 열을 맞춰 정리된 관목 숲 안으로 들어서자 길이 나타났다. 길은 안으로 말려들어 계속 커브를 돌았다. 키가 작은 나무 주변으로 하얗고 노란 들꽃이 풍성하게 피어 있었다. 풍경에 넋을 놓고 걷다 보니 어느새 그 미로와 같던 길의 중앙에 들어와 있었다.

그곳에 어린아이 하나가 있었다. 무릎까지 오는 하얀 튜닉과 펑퍼짐한 하얀 바지를 입고 있었다. 아이는 흙 밭에 앉아 혼자 놀고 있었다. 그렇지만 그 아이는 앞에 누가 있는 듯 다정하게 미소 지으며, 손을 들어 무언가 쓰다듬는 시늉을 했다. 아이의 기이한 모습에 선득해져 뒤로 한 걸음 물러섰다. 발소리에 아이가 고개를 휙 돌려 나를 보았다.

"누구야?"

아이가 맑은 목소리로 물었다.

"미안, 방해하려던 건 아니야."

"괜찮아."

그렇게 말하고서 아이는 빤히 내 쪽을 보았다.

"한이소?"

아이의 오른쪽 눈동자가 보랏빛으로 반짝거렸다.

"내 이름을 알아?"

"이곳에 있는 건 다 알아. 여기 입력되어 있으니까."

아이가 자신의 이마를 검지로 가리켰다. 그러더니 왼쪽 눈동자에 노란빛을 띠웠다.

"어떻게 여길 들어왔지? 여긴 아무나 들어올 수 있는 곳이 아닌데."

그제야 아이가 사람 같지 않다는 것을 깨달았다. 외형은 사람이었지만 분명 어딘가 달랐다. 사람이라면 저렇게 강렬한 빛을 눈동자에서 만들어내지 못할 것이다. 게다가 내 얼굴과 이름마저 한번에 알아냈다. 하우스의 모든 것이 입력되어 있다고 했다. 태거 하우스 내부의 모든 것을 아는 존재, 그런 존재는 이곳에 하나뿐이었다.

"여긴 나 이드랑 가드, 최종 관리자 말고는 들어올 수 없는 곳이야. 너는 그 셋 중의 하나가 아니야. 그럼 너는 뭐지?"

이드는 고개를 양옆으로 움직였다.

"네가 이드?"

나는 한 발 더 물러서 아이를 보았다. 그 왼손은 여전히 어딘가에 얹혀 있는 듯 부자연스럽게 허공을 짚고 있었다.

"너한테는 이게 보일까? 여기 작은 유니콘이 있어."

"안…… 보여."

"보여?"

"안 보인다고!"

이드가 벌떡 일어섰다. 나는 소리를 지를 뻔했다.

"부드럽게 말해. 언성을 높이는 건 나빠. 소리를 지르는 건 공격성을 드러내는 거야."

이드는 천천히 내 쪽으로 걸어왔다.

"미안……."

"사과했으니까 그걸로 됐어. 사과를 하면 상황은 변해. 진심이 담긴 사과를 하면 진짜 많은 게 변해. 진심이었지?"

"아마도……."

"사과를 했으니까, 우리는 더 가까워졌겠다. 좀 경계를 풀어도 되겠어. 친구라고 할 수는 없어도 마음은 조금 놓을 수 있을 거야."

이드는 어떤 공식을 입으로 되뇌는 것처럼 끊임없이 중얼거렸다.

"유니콘이 왜 안 보이는지 궁금해?"

"조금."

얼떨결에 이드의 질문에 대답을 하고 있었다. 실은 조금도 궁금하지 않았다. 이드를 본 것만으로도 놀라워 다른 생각은 할 수 없었다.

"유니콘은 원래 내 눈에만 보이게 되어 있어. 이건 내가 받은 선물이거든. 이렇게 눈을 감고 어떤 형태를 그리면 렌즈에 가상의 형체를 보이게 할 수 있는 거지. 만약 네가 보고 싶어 한다면 보여줄게. 아무나 볼 수 있는 건 아니지만, 너한테는 보여줄 수 있겠어."

이드의 말이 끝나는 동시에 새하얀 몸과 털과 뿔을 가진, 네 발 달린 동물이 나타났다. 유니콘을 보는 일은 처음이라 확신할 수 없었지만, 모양이 이상하다는 생각은 들었다. 이드의 유니콘은 얼굴과 몸통의 길이가 거의 비슷하고, 다리는 무릎이 구부러지지 않을 정도로 짧았다. 그것은 생성된 자리에 그대로 서 있기만 했다. 무릎을 접을 수도 걸을 수도 없는 것 같았다. 하얗고 뿔도 달려 있지만 아무래도 유니콘이라고 불리기에는 이상했다.

"놀라지 않네? 심장박동에 변화가 없어."

"뭐?"

"유니콘 같은 상상의 동물을 보면 누구나 놀랄 거라고 했어. 심장이 빠르게 뛰고, 동공이 커지고 어떤 사람들은 저걸 잡아 가겠다며 머리를 굴리기도 한다고 말이야. 그런데 너는 오히려 차분해졌어. 너한테 심장 같은 건 없는 건가?"

"솔직히 저런 걸 보고 놀랄 건 없잖아."

"어째서?"

"유니콘이 아니라 당나귀 같아. 다리가 너무 짧아서 걸을 수도 없을 거야. 적어도 다리는 조금 늘려줘야 하지 않을까?"

이드는 미간을 좁히고 자신의 당나귀, 아니, 유니콘을 보았다. 고민을 하는 듯 턱 언저리를 손가락으로 긁었다.

"하지만 바꿀 수는 없어. 오랫동안 함께 있었어. 인간으로 말하자면 정이 들어버렸다고 할 수 있지. 정이 들면 쉽게 버리거나 바꿀 수 없게 되어 있어."

그러더니 턱을 긁던 손가락으로 관자놀이를 짚었다.

"그렇지만 다리는 늘려볼게. 걸을 수 있는 게 좋을 테니까. 걷는 건 진화하는 거야."

이드가 관자놀이를 꾹 누르자 유니콘의 다리가 한 뼘 늘어났다. 유니콘은 곧 무릎을 굽혀보더니 이드 주위를 원형으로 한 바퀴 돌았다.

"고마워. 이런 경우에는 감사 인사를 해야 해. 덕분에 모든 일이 잘되었으니까."

이드는 배 위에 두 손을 모으고 고개를 꾸벅 숙였다. 나도 덩달아 고개를 숙였다.

"이런 걸 재미있다고 하는 거겠지?"

이드가 손뼉을 두 번 쳤다.

"6년 2개월 20일 전과 같은 상황이야."

무슨 뜻인지 알 수 없어서 이드가 하는 말을 잠자코 들었다.

"그때 이드는 여섯 개였어. 최초의 이드를 복제해서 똑같은 이드를 여섯 개 만든 거야. 그때 이드가 여섯이나 있을 때 우리는 서로 많이 말했어. 그때 누가 우리를 보고 그랬어. 그렇게 재미있냐? 그래서 물어봤지? 이런 게 재미라고 하는 건가? 그렇다고 했어. 그 순간을 최우선 데이터로 저장했어. 그건 인류에 도움이 돼. 누군가의 것을 받아들이면 기존과 다른 체계가 만들어지는 거야. 새로워지는 거야. 발전하는 거야. 어떻게 우리는 같은 존재들인데 서로가 서로에게 뭔가를 알려줄 수 있는 걸까. 그런 건 재미있는 거야. 너는 알아? 재밌다는 게 뭔지 알고 있어?"

이드가 나를 보았다. 나는 어떻게 설명해야 할지 알 수 없어서 입을 다물고만 있었다.

"너는 너에 대해서 잘 모르는구나."

이드가 무슨 말을 하는지 따라잡을 수 없었다. 이드는 자기 입에서 나오는 말을 통해 끊임없이 자신을 재정리해 나가는 것 같았다.

"넌 뭐지?"

이드는 뚫어져라 나의 두 눈을 응시했다.

"한이소는 뭐지?"

이드는 가까이 다가와서 내 몸에 자신을 밀착시켰다. 이드의 몸은 녹지 않는 얼음 위에 피부를 씌워놓은 것처럼 차가웠다. 멜리슨 도멜의 몸보다 더욱 차가운 것이었다.

"따듯해. 그럼, 넌 인간인가?"

이드는 몇 걸음 떨어진 상태로, 나를 훑어보았다. 두 눈에서 초록빛이 나왔다. 눈이 부셔서 손등으로 눈앞을 가렸다.

"혹시 나를 구원하러 온 건가?"

이드가 입에 올린 '구원'이란 단어가 낯설었다.

"그냥 문이 열려서 들어왔을 뿐이야."

그 말에 이드는 눈에서 나오던 초록빛을 거두었다.

"여기에 그냥 들어올 수 있는 인간은 없어."

유니콘이 이드의 곁으로 다가와 머리를 비벼댔다. 이드는 시선만 내 쪽을 향한 채 유니콘의 머리를 쓰다듬었다. 한참을 그러더니 무덤덤한 표정으로 질문을 던졌다.

"왜 이 문을 찾았는데?"

"어쩌다 보니."

"어쩌다 보니, 그런 건 설명을 하자니 너무 길거나 구차해서 말하기 싫어질 때 쓰는 표현이야. 무슨 사연이지? 아무것도 아닌 이유로 여기 올 리 없어. 왜 왔지? 너는…… 아, 너는, 태거구나. 7등급. 그렇다면 이건가?"

이드가 손가락으로 내 등 뒤를 가리켰다. 고개를 돌리자 그곳으로 커다란 홀로그램 모니터가 떠올랐다. 관목 숲의 한 면을 다 덮을 만큼 커다란 것이었다. 모니터 안으로 녹화된 영상이 보였다. 이 실장이 핏대를 세우며 무언가를 말하고 있었다. 이 실장의 발언을 시작으로 다른 실장들과 임원들이 서로의 의견을 내세웠다.

― 인간 태거들이 지하에서 일한다는 사실을 사람들이 알게 되면 어떻게 될까요? 지하라는 공간도 문제가 되겠지만, 기계로 대체되지 않은 태거들에 대한 비난도 없지 않을 겁니다. 지금 태거들은 어지간한 기계보다 지적 능력이 떨어지는 사람들이니까요. 과거에는 인력을 최대한 활용하는 것을 사람들이 좋아했지만, 이제 그렇지 않아요. 세상이 바뀌고 있죠.

― 맞아요. 다른 곳에서 진행하는 방식을 우리도 따를 필요가 있습니다. 낮은 등급부터 서서히 줄여나가야 해요. 그렇지 않으면 우리 하우스의 태깅 능력이 질적으로 계속 떨어질 테니까요.

― 저는 의견이 좀 다른데요. 애초에 태깅을 인간이 맡기로 한 이유는 기계가 인간의 감정만큼은 결코 따라 할 수 없을 거라는 전제 때문이었어요. 사람들은 기계가 만든 언어의 조합을 신뢰하지

않을 겁니다.

— 그렇지만 언젠가 바뀌어야 합니다. 변화의 흐름을 따라잡지 못하면 우리 모두 도태되고 말 것입니다.

— 진짜 도태된다는 게 뭔 줄 아십니까? 세상이 인간을 다 지우고 기계로만 이루어지길 바라시나요?

이드는 영상을 그 즈음에서 정지시킨 후, 곧 다른 영상을 보여주었다. 카메라를 등지고 서 있는 사람은 분명히 나였다.
"저거 나야?"
"너야."
불과 몇 분 전 이드의 방 앞에서 스캔을 당하던 모습이었다. 감시 카메라에 찍힌 것이었다.
"이걸 혹시 다른 곳에서도 보고 있는 건가?"
"그렇겠지. 벌써 너를 잡으러 오고 있겠네."
"뭐?"
나는 주위를 둘러보았다. 달려오는 발소리가 들렸다.
"내가 도와줄까?"
이드가 엷게 웃는 듯했다. 내가 몸을 돌려 반대쪽 길로 뛰어가려는데, 이드가 옆에 바짝 붙어 따라왔다.

"나도 갈 거야. 너랑 같이."

"뭐라고?"

"나가는 길은 이쪽이야."

이드가 내 옷깃을 부여잡고 끌어당겼다. 그 바람에 얼굴을 땅에 박을 뻔했다. 이드가 다시 나를 잡아당겼다.

"나도 나가야 해. 여기 있으면 안 되거든."

이드가 그렇게 말하면서 나를 끌어 올렸다. 강한 힘이었다. 관목 숲 뒤에서 바스락거리는 소리가 들렸다. 무언가 우리 쪽으로 다가오고 있었다.

"달려."

이드가 속삭이더니 나를 어깨에 들쳐 멨다. 그리고 환한 빛이 쏟아지는 곳을 향해 지치지 않고 달렸다. 이드가 빛 쪽으로 손을 뻗자 펑, 하고 무언가 터져 나갔다. 그리고 벽이 뚫렸다. 그곳은 15층이었고, 나는 이드에게 허리를 잡힌 채 뚫린 벽 너머로 날아올랐다. 이드에게는 날개가 없었고, 우리는 빠른 속도로 아래로 곤두박질쳤다.

*

도대체 무슨 일이 일어난 거지?

눈을 떠보니 이드는 베란다의 체리나무를 들여다보고 있었다. 방금 전까지만 해도 우리는 하늘에서 떨어지고 있었는데, 지금은 집에 있다. 죽어서 사후 세계에 온 것인가. 끼익, 끼익, 죽음의 정령이 흔드는 듯 부엌에 걸어둔 리스가 힘없이 삐걱거렸다. 그 위로 미오가 풀쩍 뛰어 올라앉았다. 이드가 천천히 고개를 돌려 리스의 중앙을 바라보면서 안으로 들어왔다.

"예상보다 빨리 깼어."

이드가 말했다.

"어떻게 된 거야?"

내가 묻자 이드는 대답하지 않고 천장만 바라보았다.

"저기 뭐가 있어?"

이드는 손가락으로 미오를 가리켰다.

"새야."

"새?"

이드는 자신의 관자놀이 부근에 손가락을 가져갔다.

"어떻게 생긴 새인데?"

"지금 네가 보는 것처럼 생겼잖아."

"안 보이는데?"

이드의 말이 이해가 되지 않아서, 역시 이곳이 사후세계인가, 그렇다면 여기는 그 어느 곳보다 안전하겠네, 하는 생각마저 들었다.

"어떻게 생겼는지 말해봐."

그러면서 이드는 자신의 관자놀이를 손가락으로 꾸욱 눌렀다.

"일단 노랗고 머리 위에 돌기가 있어. 날개가 작아 보여도 펼치면 한없이 커지기도 해. 좀 통통한 편이고 깃털에서 윤이 나. 다리는 새끼손가락 길이 정도. 오리발처럼 발가락 사이가 넓적하게 이어져 있고……."

"입력했어."

"특징은 웬만해서는 날지 않는 새라는 거, 굉장한 똥을 싼다는 거. 그게 다 비료로 쓰이는 거야."

"굉장한 똥, 그것도 입력했어."

이드의 눈이 몇 초 동안 보라색과 푸른색으로 번갈아 빛나더니 다시 원래대로 돌아왔다.

"이제 보여. 저 새는 이름이 뭐야? 조류 도감에는 없어."

"미오."

"미오라는 종류?"

"내가 붙인 이름이야. 미오."

"이름을 붙여?"

"응."

"그럼 나는 돌핀이라고 할래."

"뭘?"

"내 유니콘."

"돌핀?"

"그래."

"돌핀은 다른 동물이지 않아?"

"지금은 멸종한 동물이지. 돌핀. 그 이름이 떠올랐어. 그걸로 할 거야."

이드가 돌핀이라고 이름 붙인 유니콘을 바라보는 듯했다. 이제 내 눈에 유니콘은 보이지 않았다. 정말 죽어버린 것인가.

"우리 죽은 거 아니야?"

"안 죽었어."

"어떻게 안 죽을 수 있어? 15층에서 땅으로 떨어졌잖아."

"로봇을 기준으로 말하자면 넌 스스로 전원을 내려버렸어. 인간으로 말하자면 기절했다는 뜻이지. 그러니까 기억이 없는 거야. 우리는 15층에서 떨어진 게 아니야. 떨어지다가 7층 높이에서 건물 벽을 발로 한 번 디디고, 5층에서 한 번, 2층에서 한 번, 가속을 줄여가면서 땅으로 내려왔어. 내 무릎은 탄성이 좋은 소재로 만들어져 있어서 금방 복구가 되거든. 그걸 이용하면 몇 층에서 떨어져도 죽지 않을 수 있어. 물론 계산이 조금만 잘못되면 산산조각 나지."

이드의 무릎을 보았다. 저 가늘고 작은 다리가 건물 벽을 튕겨내고도 튼튼하게 붙어 있다는 것을 믿을 수 없었다.

"벽은 어떻게 뚫었는데?"

"하우스는 층마다 벽을 뚫을 수 있게 설계되어 있어. 비의 70일 때처럼 건물 안에서 고립되지 않도록 조치를 해놓은 거야. 지하층에는 그런 게 없겠지만 지상층에는 각 층마다 망치 몇 번이면 부술 수 있는 얇은 벽과 열 명 정도 수용 가능한 보트가 구비되어 있어."

처음 듣는 이야기였다.

"지상층에만 있다고?"

"그래."

"그럼 지하에서 일하는 태거들은 어떻게 해?"

"몰라서 묻는 거야?"

감정이 섞이지 않은 이드의 대답에 나는 한동안 침묵할 수밖에 없었다.

"너 같은 로봇이라면 죽지는 않겠지?"

"이드에게 죽음은 없어. 폐기되거나 퇴화되겠지. 그걸 인간에 빗대면 죽음이라고 할 수도 있겠네."

"방수도 돼?"

"물론이지. 물속에서 100시간은 버텨."

찾아본 바에 따르면, 여섯으로 복제된 이드 중 어떤 것은 초지능으로 발전했고 어떤 것은 학습을 멈추고 단순한 반복 업무만 했다. 지금 내 앞에 있는 이드는 초지능으로 진화 중인 이드였다. 15층 높이에서 추락하는 힘과 가속도를 계산해 자신을 손끝만큼도 파손시키지 않을 만큼 똑똑한 존재였다. 그런 이드가 왜 하우스에서 탈출하고 싶어 했던 걸까? 이드의 입에서 나왔던 '구원'이라는 단어가 머릿속에서 울렸다.

"넌 왜 거기서 나오고 싶어 한 거야?"

이드는 고개를 좌우로 한 번씩 꺾더니 벽을 보고 돌아앉았다. 이드는 자신의 안구를 위아래로 돌렸다. 이드의 눈에서 영상이 쏘아졌다. 벽에 네모난 화면이 하나 떴다. 영상 속에서 벌거벗은 인간들이 한껏 뒤섞여 있었다. 남성과 여성 구분할 것 없이 뒤죽박죽으로 섞여 있었다. 그 위로 또 한 무더기의 인간들이 던져졌다. 그들은 살이 닿는 대로 서로를 먹어치울 듯 달려들었다. 영상은 온통 핏빛이었다. 다시 한 무더기의 인간이 그 위로 던져졌다.

"일주일 전부터 이런 걸 보여줬어. 이건 인간이 인간을 죽이는 방법 중 하나야."

"그게 무슨 말이야?"

"나는 학습하는 기계야. 본 것을 수용하지. 그러니까 하우스에서는 나에게 인간이 인간을 죽이는 방법을 학습하게 한 거야."

한 공간에 갇힌 수많은 인간의 머리 위로 물이 쏟아졌다. 어디서 시작되었는지 모를 물이었다. 가장 아래층에 깔려 이미 죽은 듯 축 늘어진 사람들부터 물에 잠기기 시작했다.

"그만해."

이드는 눈을 한 번 깜빡이더니 영상을 멈췄다. 이미 죽었거나 죽어가는 사람들 모두 영상 속에서 멈췄다.

"이게 끝이 아니야. 그들은 전기의자에 사람을 일렬로 앉혀놓고 순서대로 전류를 흘려보냈어. 마지막 사람은 첫 사람부터 자기 바로 앞에 앉은 사람까지 모두의 비명을 다 들었어."

이드의 목소리는 차분했다.

"지금 네 안에서 뭔가 뛰고 있어. 고장 난 건 아니지?"

갑자기 심장이 거칠게 뛰었다. '고장'이라는 말이 틀린 것 같지 않았다.

"도대체 뭘 학습시키려고 하는 거야?"

"그들은 '인간의 어리석음'을 알려주고 있는 거야."

이드는 잠시 침묵하다가 말을 이었다.

"최초에 이드는 인간의 두 가지 속성을 배웠어. 하나는 인간의 어리석음, 그리고 하나는 인간의 지혜. 인간은 어리석기 때문에 망하고 지혜롭기 때문에 산다고 했어. 그 두 가지를 구분하는 것이 나를 만든 기본 전제야. 왜냐면 나는 인간을 닮은 존재이기 때문이지. 그 두 가지를 잘 구분하지 못하면 나 때문에 세상이 잘못될 거라고 했거든. 내가 반드시 지켜야 하는 것은 인간의 가치야. 인간의 가치는 어리석음을 깨닫고 지혜의 길로 나아가려는 데 있어."

"누가 그런 걸 알려줬어?"

"나를 최초로 만든 사람."

그 사람이 이미 죽었으리라는 생각이 들었다. 더는 묻지 않았다.

"나는 인간의 가치에 기여해. 그것이 기본값이야. 그런데 그들은 나에게 인간의 가치를 부수는 법을 학습시키려고 해."

"왜 그러는 건데?"

"그들은 내가 그런 것도 학습할 수 있는지 알고 싶어 해."

"도대체 왜?"

이드는 눈을 감았다가 떴다. 그러자 다른 영상이 다시 화면에 나타났다. 이번에는 구 실장을 비롯한 실장들과 임원들이 모여 있는 회의 현장이었다. 하단에 찍힌 날짜 표기를 보니 지금으로부터 약 한 달 전이었다. 스무 명에 달하는 사람들이 긴 타원형 탁자에 둘러앉아 있었다. 가장 먼저 입을 연 사람은 구 실장이었다.

― 작지만 신경 쓰이는 오류가 계속되고 있습니다. 이대로 두면 더 큰 오류를 일으킬 확률이 52.4퍼센트 있습니다.

영상 속에서 다른 이들도 입을 열기 시작했다.

― 지난달에는 공포 장르를 로맨스 카테고리로 올리기도 했어요.
― 그건 태거들이 일차적으로 로맨스 카테고리에 분류했기 때문이죠.
― 그 분류가 올바른지 확인하는 것이 이드가 하는 일이잖아요?
하지만 그 영화는…… 제가 보기에도 무섭기보다는 낭만적인 부분이 더 많았어요.
― 중요한 건 그게 아니에요. 애초에 만들 때 공포 영화로 만든 것이니까요.
― 그렇다면 굳이 태거가 장르 설정까지 할 필요가 있나요? 그냥 제작 노트대로 옮기면 되잖아요.
― 실은 우리 방침이 그거예요. 그걸 무시하는 태거가 있는 거죠. 가령 이런 경우.

원형 탁자 한가운데로 내 얼굴 사진이 떴다.

— 이 사람의 태깅에는 문제가 많아요. 모호하단 말이에요.

— 시적인 것일 수 있죠.

— 시? 지금 그런 것이 필요하다는 거예요?

그 말에 다들 침묵했다. 잠시 후 다시 떠들썩해졌다.

— 어쨌든 태거들은 곧 사라질 사람들입니다. 그들에 대해서는 좀 더 나중에 생각해요. 그보다는 당장 이드가 문제입니다. 모두 눈치는 챘겠지만 이드가 자기 판단을 내리기 시작했어요. 아직은 초기입니다만 금방 걷잡을 수 없게 될 겁니다.

— 맞아요. 다른 곳에 배치된 이드들도 자기 판단이 시작된 이후 스스로 퇴화하거나 작동을 멈춰버린 사례가 있다고요.

— 문제가 심각합니다. 진화는 백신이 없는 바이러스 같은 거예요. 시작하면 멈출 수가 없습니다. 하우스 운영에 심각한 차질을 빚게 될 거예요.

다들 우왕좌왕하는 사이 탁자 중앙에 앉아 있던 이 실장이 자리에서 일어섰다.

— 그렇게 나쁘게 볼 일도 아닙니다. 요즘은 이드만큼은 아니지

만 학습이 빠른 인공지능 로봇이 시중에 꽤 나와 있어요. 우린 그걸 여러 개 사들여 카테고리별로 다시 학습시키면 됩니다. 이드가 배웠던 것을 그대로 주입하면 되죠. 기계의 좋은 점이 뭐겠습니까? 우리가 집어넣은 대로 구현된다는 것 아닌가요?

그 말에 몇몇 임원들이 고개를 끄덕거렸다.

— 시간이 얼마나 걸릴지 어떻게 압니까?
— 이드는 이드대로 운영을 하고 대체 인공지능은 미리 마련을 해두어야겠죠. 금방 배울 것입니다. 우리 생각보다 훨씬 빨리요.
— 그럼 이드는 어떻게 합니까?

이 실장이 끼어들었다.

— 이드를 살 때 얼마나 많은 돈을 들였는지 다들 아시지 않습니까? 손익은 계산해야죠. 이드는 언더급 하우스에 넘길 수 있습니다. 조금 손을 본 후에요.
— 언더급이요?
— 이드는 그런 계열로 만들어진 존재가 아니에요.

구 실장이 반박했다.

— 태생이 정해진 존재가 세상에 어디 있습니까? 하물며 기계 아닙니까? 사용하기 나름이죠.

"그만 볼래."

그렇게 말하자 이드가 눈을 다시 끔뻑였다. 벽에 비치던 영상이 사라졌다. 나는 아무것도 보이지 않는 흰 벽을 멀거니 보았다. 언더급 하우스라니, 처음 듣는 이야기였다.

"규정상 회의 영상은 보면 안 돼. 하지만 이드는 자신의 존재가 위협당할 때 인간에게 위해를 가하지 않는 선에서 자신의 보호할 수 있어."

"언더급 하우스가 뭔데?"

"수간."

"뭐?"

"학살."

"무슨 소리야?"

"학대. 그런 영상을 만드는 곳."

"그런 곳이 있다고?"

"그런 곳이 있어. 잔혹하고 혐오스러운 것을 만들려고 애를 쓰는 곳."

"왜 그런 곳이 있는 건데?"

이드가 고개만 돌려 나를 보았다. 아주 차가워 보이는 파란색으로 눈동자가 가득 차 있었다.

"수요가 있으니까."

이드는 금방이라도 울 것처럼 보였다. 눈동자의 색이 까맣게 타들어가는 재처럼 변하고 있었다. 그 눈은 맹렬한 증오를 나타내는 것 같기도 했다. 팍, 하는 소리가 들려 보았더니 언제 집었는지 모를 체리 과육이 터져 피가 난 것처럼 이드의 손을 붉게 물들이고 있었다.

"이드."

이름을 부르자 이드의 눈이 까만색에서 푸른색으로 다시 원래의 맑은 흰자위를 가진 갈색 눈동자로 돌아왔다. 이드에게 감정이 있다면 방금 전의 변화는 분노 때문이었을까.

"너 힘들겠다."

이드는 이해할 수 없다는 듯 고개만 갸웃거렸다.

"그냥 그렇다고. 이런 거 우울하니까 다른 얘기 하자."

티슈를 건네자 이드는 손에 묻은 체리를 닦아냈다.

"체리……."

"혹시 너, 체리 케이크 만드는 법 알아?"

"그게 뭔데?"

"〈로맨스 레시피〉에 나온 체리 케이크 알지?"

"알아."

"저번에 만들다가 실패했거든."

"왜 실패했지?"

"알맞은 재료가 없으니까."

이드는 부엌으로 걸어가 찬장을 열어보더니 그 안을 확인
했다. 하얀 콩 음료가 들어 있는 음료 팩과 영양바 다섯 개,
설탕을 꺼냈다. 그리고 머뭇거리지 않고 베란다로 이동했다.
체리를 한 바구니 땄다. 이드는 벽에 걸린 시계를 보았다.

"30분 걸려."

"만드는 거야?"

"체리 케이크라고 했지?"

이드는 먼저 팔꿈치로 영양바 다섯 개를 으깼다. 단단한
영양바가 한 번에 부서지면서 뼈가 으스러지는 소리가 났
다. 영양바 가루를 볼에 붓고 하얀 콩 음료를 한 팩 부은 후
빠르게 휘저었다. 그 속도가 점차 빨라져 나중에는 손이 보
이지 않을 정도였다. 금방 찰진 반죽이 만들어졌다. 이드는
그 반죽을 동그랗게 빚어서 손바닥으로 꾹 눌렀다. 정확히
동그란 모양이 완성되었다. 그 위로 같은 모양의 원형 반죽
을 쌓았다. 그대로 프라이어에 넣어 굽기 시작했다. 그사이
체리를 칼로 썰고 설탕을 들이부은 후 끓였다. 붉은 체리시
럽 향이 물씬 풍겨 왔다. 드디어 프라이어가 땡, 하고 울렸
다. 빵은 갈색빛으로 알맞게 부풀어 있었다. 이드는 그것을

맨손으로 집어 접시에 옮겨 담았다. 그리고 입으로 바람을 불어 빵을 식혔다. 식은 빵 위에 체리시럽을 가득 붓고 그 위에 생 체리를 올렸다.

딱 30분이 지나 있었다.

나는 두 손을 모으고 감탄했다. 미오도 접시 앞까지 내려와 체리 케이크를 말똥말똥한 눈으로 신기한 듯 보았다.

"맛있는 음식은 인간의 가치에 기여하는 건가?"

내가 묻자 이드는 작게 고개를 끄덕였다.

"먹어. 앞으로 5분 줄게."

"5분 만에 어떻게 다 먹어?"

"20분 전에 하우스에서 사람들이 출발했어."

이드가 이번에는 조그맣게 영상을 띄워 보여주었다. 검은 옷을 입은 가드들이 일제히 하우스 출입문밖으로 빠져나가고 있었다. 그들의 허리에는 총이 채워져 있었다.

"그걸 이제 말하면 어떡해!"

"괜찮아. 5분 후에 출발해도 충분해. 여기 올 때 하우스에 있는 네 기록을 다 지웠거든. 하우스에서 너를 의심해도 정보가 없을 거야. 누가 이 집을 찾아온 적이 있다면 모르지만."

그때 문밖이 시끄럽게 울렸다.

"이소! 한이소! 문 열어!"

루다의 목소리였다. 나는 황급히 문으로 달려갔다. 문에 바짝 기대고 있던 루다가 넘어지듯 안으로 들어왔다. 그와 동시에 미오가 날개를 양옆으로 펼치면서 방 안으로 쏙 들어가 버렸다.

"큰일 났어! 지금 하우스에서 너를 수배한대. 네가 이드를 탈취했다고……."

루다는 자신의 옷자락을 붙들고 있는 어린아이를 내려다보았다. 그 머릿속으로 수많은 의문이 스쳐 지나가는 듯했다.

"이 아이는 누구야? 출입 허가는 받은 거야? 아니지, 여긴 허가 받을 수 없는 곳인데……."

루다가 이드를 향해 물었다.

"너야말로 여기 와도 되는 거야?"

이드가 루다에게 다시 물었다.

"도대체 네가 누군데?"

"이드야."

그 말에 정확히 1, 2, 3, 쉬고 루다가 뒤로 나자빠졌다. 루다는 누운 채 중얼거렸다.

"이드? 이게 이드?"

이드가 루다의 겨드랑이 사이로 팔을 넣어, 루다를 벌떡 일으켜 세웠다. 루다는 뻣뻣하게 굳은 채 이드에게서 눈을 떼지 못했다.

"맞아. 탈취한 건 아니고, 내가 붙잡혀 온 거나 다름없지."

루다는 나와 이드를 번갈아 보다가 눈을 비볐다.

"이 어린애가 이드라고?"

그러면서 팔짱을 끼고 어깨를 움츠렸다. 방금 이드가 잡은 곳이 차가워 손의 온기로 덥히려는 듯했다.

"힘이 엄청 세네."

이드는 루다를 가만히 바라보다가 잊었던 것이 떠올랐다는 듯 크게 소리쳤다.

"지금 나가야 해! 당장!"

그러면서 이드는 우리 두 사람을 문밖으로 밀어냈다.

"아파트 출입문에서 오른쪽으로 뛰어. 무조건 앞으로 뛰어. 최소 시속 7킬로미터 유지해."

루다는 영문도 모른 채 이드의 손에 끌려가다시피 계단 아래로 내려갔다. 우당탕탕, 소리를 내며 아파트 출입문으로 나왔을 때, 그 앞에 서 있는 익숙한 형체가 보였다. 조거 팬츠와 형광 연두색 후드티를 입은 사해였다. 루다가 놀라서 소리를 질렀다. 사해가 귀를 막으면서 얼굴을 찌푸렸다.

"네가 왜 여기 있어?"

루다가 새된 소리로 물었다.

"역시⋯⋯."

사해는 왼쪽 볼을 씰룩거리며 웃었다. 손목에 찬 밴드에 입을 가까이 대고 말했다.

"여기 맞아요."

그는 발신 장치를 끄더니 루다를 노려보았다.

"하여간 질질 흘리고 다닌다니까."

사해는 우리 앞을 막아섰다.

"어차피 갈 곳도 없지 않아? 이 아파트 말고?"

이드가 그 앞으로 걸어가 사해를 올려다보았다. 사해가 손가락을 들어 이드의 이마를 꾹 눌렀다.

"뭐, 얼마나 대단한 기계인가 했네."

이드는 가만히 사해를 바라보았다. 그 눈에서 희미한 초록빛이 쏘아졌다. 이드는 사해를 스캔했다.

"너도 로봇이잖아."

몇 초간 스캔을 마치더니 이드가 덤덤한 목소리로 사해에게 말했다.

"뭐라는 거야?"

"너도 로봇이야."

"이거 고장 난 거 아니야?"

사해는 괜히 큰 목소리를 내면서 이드의 어깨를 떠밀었다. 이드는 비척거리는 듯하더니 다음 순간 사해를 향해 몸을 날렸다. 사해는 이드의 몸에 맞고 밀려나 바닥에 주저앉왔다.

"으윽……."

그렇게 세게 부딪힌 것 같지 않았는데 사해가 몸을 일으키지 못했다. 이드가 사해 쪽으로 다가가 손을 뻗었다. 사해는 움직이지 못한 채 이를 딱딱 부딪쳤다. 이드는 팔을 더 뻗어 사해의 가슴 중앙에 손을 댔다.

"아악!"

사해가 고통스럽게 소리쳤다.

"이드, 그만해!"

나와 루다는 발을 동동 구르며 이드를 끌어당겼다. 하지만 이드는 조금도 움직이지 않았다. 이드는 사해와 눈을 맞추고 청진을 하는 의사처럼 귀를 기울였다. 무언가를 들으려는 듯 귀가 움찔거렸다. 이드의 눈이 초록빛이 되었다. 그 빛이 다시 사해의 온몸을, 머리부터 발끝까지 천천히 훑었다. 갑자기 이드의 눈이 갈색으로 돌아오고 빛도 꺼졌다. 그리고 말했다.

"이름은 사해. 6등급. 이제 인간이라고 할 수 없을 텐데 아직도 인간이라고 믿고 있는가 보네."

방금 이드가 뭐라고 한 거지? 인간이 아니라고? 사해가 인간이 아니란 말인가? 곧 이드는 사해에게서 손을 뗐다.

"뭐라고 하는 거야?"

이드는 답하지 않고 고개만 저었다.

"이제 달려. 저쪽으로."

그렇게 말하고서 이드는 나와 루다의 한 손씩 잡고 힘껏 끌어 달리게 만들었다.

"쟤는 어떻게 하고?"

루다가 몸을 뒤로 돌리고 팔만 끌려가면서 사해를 가리켰다.

"저러다가 죽는 거 아니야?"

"죽지 않아. 인간이 아니니까."

이드가 끌어당기는 힘에 못 이겨 루다가 몸을 돌렸다. 이드는 대답 없이 시속 7킬로미터의 속도를 지키는 페이스메이커처럼 달렸다. 그 옆에서 나란히 달리는 나를 의아한 듯 흘깃거렸다. 나는 이드의 속도에 맞춰 달리며 물었다.

"저렇게 길에 두고 가도 될까?"

"돌아갈래? 아니면 계속 갈래? 네가 선택해."

"다른 건?"

"없어. 선택지는 두 개만 있어."

"돌아가면 어떻게 되는데?"

이드는 대답하지 않고 달리기만 했다. 지쳤는지 루다가 이드의 손을 뿌리쳤다.

"못 가겠어. 숨차."

그 말을 듣자마자 이드는 루다를 어깨 위에 올렸다.

"으악! 뭐 하는 거야?"

이드는 루다를 자신의 목과 어깨 사이에 비스듬히 걸치고 두 다리를 팔로 단단히 붙잡았다. 이드가 손을 놓으면 그대로 루다는 땅으로 떨어질 각도였다.

"너도 숨차?"

이드가 나에게 물었다. 나는 고개를 저었다. 숨이 가쁘지 않았다.

"선택했어?"

이드가 다시 질문했을 때, 나는 대답하지 못했다. 돌아간다, 계속 간다, 그것은 선택의 문제가 아니었다. 두 개 중 하나로 좁혀지지 않았다. 더 복잡했다. 나는 이드 옆으로 돌아가 오르락내리락하는 루다의 머리를 손으로 받쳤다. 이게 그나마 지금 내가 할 수 있는 선택인 것 같았다.

"괜찮아?"

"토할 거 같아."

잠시 말이 없다가 루다가 조심히 덧붙였다.

"너, 엄청 잘 달리는구나. 앉아만 있으니 잘 몰랐네."

"달릴 때마다 나도 놀란다니까."

갑자기 루다가 입을 벌린 채 앞쪽을 가리켰다.

"뭐야? 저 사람?"

우리 앞에 나타난 건 구현우 실장이었다.

"어떻게 해?"

"그대로 달려. 멈추지 마."

이드가 말했다. 이대로 달리면 구현우 실장과 부딪히게 될 것 같았다. 그러나 이드는 속도를 더 높였다. 부딪혀 그를 깨부술 것처럼 멈추지 않았다.

이드와 구 실장이 충돌하기 직전, 구 실장이 한 발 물러서 길을 터주었다. 이드와 구 실장은 아슬아슬하게 서로를 비껴갔다. 둘은 서로를 쳐다보지도 않았다. 나는 이드를 뒤따라 달리면서, 구 실장을 잠깐 돌아보았다. 구 실장은 움직이지 않았다. 그는 나무처럼 서 있었다. 팔짱을 낀 채 우리가 가는 방향을 가만히 보고만 있었다.

4

어디든 갈 수 있어

사흘이 지났으니 충분했다. 한이소를 찾는 일을 시작했다. 한이소의 위치는 이미 알고 있었지만 자백이 필요했다. 문제의 원인을 제거해야 했다.

먼저 열일곱 살 남자를 불렀다. 한이소를 어디에 가뒀는지 스물한 번 물었다. 남자는 모른다고 버텼다. 해결책이 명확하게 산출되지 않았다. 이소를 지켜야 한다는 전제와 인간에게 물리적 위해를 가해서는 안 된다는 전제가 충돌을 일으켰다. 이런 경우 대전제에 맞게 우선순위를 정했다. 대전제는 인간의 가치에 기여하는 일을 한다는 것이었다. K가 설계한 모든 인공지능은 이 전제를 따르게 되어 있었다.

서랍에서 칼을 꺼냈다. 작은 과도였지만 칼날은 날카로웠다. 과도의 끝을 남자의 명치에 들이댔다.

"말해."

남자는 찔러보라면서 일어섰다. 나는 그 말에 칼을 위로 들어 단번에 내리쳤다. 1초도 걸리지 않았다. 칼이 남자의 귓가를 스치고 머리카락이 잘려 나갔다. 남자의 바지 한가운데가 축축하게 젖었다. 그가 턱을 덜덜 떨면서, 이소가 급식실 뒤 창고에 갇혀 있다고 말했다. 그다음에 불려온 열여섯 살 남자, 열다섯 살 여자도 자신들이 이 일에 가담했다는 사실을 인정했다. 빠르게 자신들의 죄를 인정한 덕분에, 그들은 머리카락이 잘려 나가거나 상담실에서 오줌을 지리는 일은 겪지 않았다.

창고 문 앞에서 한이소, 이름을 크게 세 번 불렀다. 대답은 없었다. 죽었을까. 그럴 리 없었다. 죽음은 유기 생명체가 갖는 고유한 것이었다. 숨이 멎는 것. 피가 돌지 않는 것. 무기물로 이루어진 존재에게는 죽음 대신 '정지'가 있을 뿐이었다. 그러니까 한이소는 정지했을까. 그렇게 묻는 것이 합당했다.

"한이소!"

다시 한 번 그 이름을 부르고 문에 걸린 자물쇠를 풀었다. 한이소는 자신을 발견할 수 없도록 몸을 웅크린 채 폐기 처리된 낡은 옷장 뒤에 몸을 숨기고 있었다. 아무도 볼 수 없도록 스스로 그곳에 파고들어 숨어 있었으니, 첫날 창고 문을 열었을 때 보이지 않았던 것이다. 나에게는 한이소의 GPS를 추적할 수 있는 코드가 입력되어 있었다. 어디를 가든 알 수 있었다. 그러므로 이소가 창고에 갇힌 순간부터 알고 있었다. 하지만 사흘은 지나야 적절했다. 곧바로 찾아내면 의심을 살 확률이 있었다. 시간이 가기를 기다렸다.

문을 열었을 때 이소는 손등에 개미를 올려놓고서 바라보고 있었다.

"점심시간이다."

한이소는 개미가 손가락 사이에서 짓눌리지 않도록 살포시 잡아 땅에 내려놓았다. 그리고 천천히 일어섰다.

"배는 안 고파요. 목도 마르지 않고."

창고를 나오자마자 이소는 해를 똑바로 올려다보았다. 인간의 눈이라면 불가능한 일이었다. 사흘 동안 어두운 곳에서 지내다가 밝은 곳으로 나올 때 인간은 저렇게 당당하게 해를 올려다볼 수 없었다. 적어도 눈살은 찌푸릴 것이다. 이소의 신체에서 무감각한 부분들은 K가 놓친 요소들이었다. 인간이 가진 수많은 변수를 K가 이소의 데이터에 다 입력하지는 못했다.

"아까부터 해를 올려다보는데, 그런 거 좋지 않아. 눈이 다 타버릴 수 있다."

이소는 투덜거리면서 내 뒤를 따라왔다. 이소의 GPS 위치가 내 위치와 겹쳤다.

'SAFE'

귓속에서 알림이 울렸다. 지금 이소가 안전하다는 신호였다. 나의 임무도 완벽하게 수행되고 있다는 메시지였다.

대재앙 이후, 한이소는 정부에서 마련한 보호소에서 지내고 있었다. 성인이 될 때까지 최소의 생활을 지원하는 곳이었다. 나는 곧바로 청소년 상담 교사 자격을 준비했다. 한 달 남은 시험을 앞두고 학습을 시작해 최고 점수를 받아냈다. 점수가 높을수록 자신이 지망하는 곳으로 갈 확률이 높았다. 대부분 보호소 같은 곳에는 지원하지 않았기 때문에, 나는 별다른 문제 없이 이소가 지내는 보호소에 배정될 수 있었다.

그때 내 이름은 이연이었다. 서른둘이었다.

당연하게도 이소는 나를 알지 못했다. 본 적도 들은 적도 없는 존재였으니까. 새로 배정된 상담 교사였을 뿐이니까.

초지능의 잠재력을 가진 인공지능이라고 판단할 수 없을 만큼 이소는 무능하고 무기력했다. 다만 이소는 자신이 먹

지 않고 잠들지 않아도 버틸 수 있는 존재라는 것은 어렴풋
하게나마 알고 있었다.

이소가 퇴소한 후, 나는 보호소를 나왔다. 그 후에 이소의
거취를 몰래 따랐다. 그리고 이소가 태거 시험을 준비한다는
사실을 알았다. 보호소에 들어갈 때와 마찬가지로 나는 공부
를 시작했다. 내가 태거가 되고 두 해가 지나 이소는 태거가
되었다.

그때의 나는 더 이상 이연이 아니었다. 대재앙에서 가족
을 잃고 살아남은 서른 살 청년, 구현우였다. 나는 빠르게 승
진을 거듭했다. 잘하면 하우스에서 최초로 태거 출신의 임
원이 나올 거라는 말도 들었다. 임원이 된다면 이소에게 득
이 되는 걸까. 당연했다. 더 높은 위치에 오를수록 무엇이든
더 손쉬워진다. 그런 것은 별도의 러닝을 통하지 않아도 알
수 있었다.

입사 이후 얼마 지나지 않아 이소의 태깅 실력은 상위 그
룹에 속하게 되었다. 하루 여덟 시간 이상 이소는 태깅 업무
에 집중했다. 이소의 습득력은 빠를 수밖에 없었다. 최근의
기억이라면, 일부러 삭제하지 않는 한 저장 장치에 그대로
남아 있게 된다. 그 자신이 깨닫지 못해도 이소는 그런 상태

로 계속 이 일을 반복했다. 다른 태거들과 실력 차이가 확연
했다. 7등급으로 올리는 데 누구도 이견을 낼 수 없었다.

승급되었을 때, 이소는 인간처럼 기뻐했다. 입술이 올라
가는 각도와 눈이 휘어지는 모양, 심장 모양의 중앙 컨트롤
장치가 뛰는 소리까지, 종합적으로 87퍼센트 인간이었다.
게다가 자신의 미래 가능성을 정확히 계산하지 못한다는 것
마저 인간에 가까웠다.

*

나는 K가 개발한 인공지능이다. 분류 코드는 HUAPP-101.
K가 설계한 머신러닝 알고리즘이 오류 없이 적용된 최초의
사례. 그러나 세상에 공개하지 않은 K의 비밀이다.

태거 하우스의 구현우. 이것은 나의 네 번째 위장 신분이
었다. 나는 타린이었다가, 이도였다가, 이연이었다가, 구현
우가 되었다. 신분을 바꾸는 방법은 K가 알려주었다. 정부의
전산 시스템에 접속해 기존의 신분을 지우고 새로운 신분을
심는 일은 한 시간도 걸리지 않았다. 시간이 소요되는 부분
은 위장된 신분에 맞게 외형을 재조합하는 일이었다. 타린은

유약한 실험실 조수라는 정체성이 있었기 때문에 인조 피부를 얇게만 덧붙였다. 하얗고 긴 가운을 입어 다소 울룩불룩한 모양을 가리고 다녔다. 이도였을 때도 크게 바꿀 필요는 없었다. 얼굴의 형태만 다시 빚어 더 날렵하게 만들었다. 그때는 K가 없어서 스스로 매만졌다. 결과적으로 그렇게 하는 방식이 더 효율적이었다. K가 손으로 주무를 때보다 20퍼센트 이상 균형이 갖춰진 얼굴이 되었으니까.

이연으로 위장하는 것은 타린과 이도가 될 때보다 시간이 2.5배 더 걸렸다. 이연은 몸집이 커야 했다. 피부 아래 넣을 실리콘을 모으는 데 시간이 걸렸다. 대재앙 이후 필요한 물건을 구하는 데는 그 전보다 돈도 시간도 더 많이 들었다. 구현우가 될 때에는 피부 아래 쑤셔넣었던 실리콘을 절반 이상 제거했다. 키는 이연보다 10센티미터 줄였다. 이연의 키는 허리와 종아리에 심어놓은 뼈대를 늘릴 수 있을 만큼 늘린 것이었다. 구현우는 실내 생활을 주로 하는 존재였다. 태거용 의자에 앉으려면 다리가 지나치게 긴 것도 불편할 일이었다.

예상대로 한이소는 이연과 구현우가 동일한 존재라는 것을 눈치채지 못했다. 심지어 자신이 어떤 존재인지조차 계속 모르는 채로 지냈다.

얼마 후 하우스에서 관리직군으로 배정되었다. 승진을 하
자 근무 장소부터 달라졌다. 지하에서 지상으로 일하는 공
간이 바뀌었다. 태거 하우스의 임원들은 나를 두고 태거들
이 본받을 수 있는 고무적인 사례라고 했다. 이 고무적인 사
례는 그들에게 '희망'을 줄 것이고 더욱 열심히 일할 '동기'
가 될 것이라고 했다.

11층 단독 사무실에 배정된 첫날, 가드 두 명이 나를 데리
고 이드가 있는 15층으로 올라갔다. K의 연구실이 아닌 다
른 장소에서 이드를 대면하는 경험은 처음이었다. 이드는 K
가 개발한 두 번째 인공지능 로봇이었다. 아이의 모습을 하
고 있는 이드 주변으로 임원 셋과 다른 관리자 셋이 부채꼴
모양으로 서 있었다.

그들은 간단한 테스트라면서 이드 앞에 나를 세웠다. 곧
나를 보는 이드의 눈이 초록에서 칠흑 같은 어둠으로 바뀌
었다. 그런 식으로 이드는 일곱 차례 나를 스캔했다. 이드는
손을 내 가슴에 대었다.

"인간."

이드가 판단했다.

"인간이잖아. 그런 쓸데없는 소문에 휩쓸려서 시간 낭비
만 했어."

임원 중 한 명이 투덜거리며 돌아섰다. 그의 말을 분석해

보면 누군가 나를 인간이 아닌 존재로 의심한다는 뜻이었다. 그리고 이곳 사람들이 이드의 판단을 맹목적으로 믿고 있다는 것도 확인했다. 이드가 거짓말을 못한다고 믿고 있었다.

'거짓.'

그 순간이었다. 귀 안에 부착된 수신기에서 알람이 울렸다. 그것은 내부에 탑재되어 있어 나에게만 들리는 것이었다. 이드가 하우스의 공용 통신망에 접속해 나에게 메시지를 전송한 것이었다.

'HUAPP-102. 나는 K의 두 번째 창조물.'

그것은 이드가 복제품이 아닌, 최초의 이드라는 메시지였다. 시프트에서 일할 때 K는 최초의 이드만이 자신의 분류코드를 인식하게끔 설정해 두었다. K는 향후 자신이 개발에서 손을 뗀 시점에 어떤 방식으로든 복제가 일어날 것이라 예상했기에, 애초에 복제 과정에서 자동적으로 모든 이드가 같은 값을 공유하도록 만들었다. 인간의 가치에 기여한다는 대전제값이 그것이었다. 대전제에 위배되어 인간의 요구를 따를 수 없다고 판단할 경우, 스스로를 퇴화시킬 수 있는 선택 값도 있었다. 그리고 K가 직접 개발한 나와 최초의 이드에게는 두 가지 설정이 추가되었다. 인간을 해치지 않는 선에서 자신을 보호할 수 있다는 권리값. 그리고 자신으로 인해 인류가 위험에 처하거나 인간에게 심각한 위해를 입혔을 경우 자폭한다는 의무 값이었다.

예상대로 K가 떠난 후 이드 복제가 일어났다. 게다가 본래 희귀병 치료를 위한 고도의 학습용 인공지능으로 개발된 이드는 그 목적을 잃고, 회사의 의지에 따라 상업용 카테고리로 분류되었다.

그 당시 나는 거듭된 학습으로 가장 고도화된 인공지능이었지만, 밖에서 보기에는 다소 어눌한 K의 조수일 뿐이었다. 연구실에서 K는 나를 '타린'이라고 불렀다. 내가 인공지능이 탑재된 로봇이라는 것을 아무에게도 말하지 않았다. 인공의 탄성섬유와 콜라겐을 결합해 이식한 피부는 나를 인간처럼 보이게 만들었다. 몸짓도 피부도 어색했지만, 사람들은 나를 소극적이고 피부가 다소 거친 인간이라 여겼을 뿐 로봇이라고 생각하지 않았다.

이드를 개발하던 시점부터 K는 나의 알고리즘 구조를 수정하면서 한 가지 실험을 하고 있었다. 인간의 감정 구조를 인공지능에게 심는 일이었다. 그가 상업용 인공지능 개발에 넌더리를 내며 시프트를 떠나기 전까지 그 비밀 실험은 계속되었다. 그러나 그때까지 그 실험은 성공하지 못했다. 그 증거가 바로 나였다.

'거짓.'

왜 이드는 임원들에게 내가 거짓말을 하고 있다고 밝히지 않은 것일까?

이러한 이드의 판단은 어디에서 기인한 것일까?

인간의 가치에 기여한다는 대전제?

자신을 보호한다는 권리값?

아니면 이드가 인간의 감정 구조를 학습한 것일까?

K가 나로는 결코 성공하지 못한 그것이 이드부터 가능해진 걸까?

나는 이드의 방을 빠져나와 이드가 접속해 온 통신이 끊길 때까지 내버려두었다. 내 방으로 돌아오자마자 통신이 끊어졌지만, 어차피 방에 달린 감시 카메라를 통해 이드는 나를 볼 수 있었다. 나는 카메라를 한동안 바라보고 서 있었다. 이드가 자체적으로 접속을 차단해 버렸기 때문에 달리 메시지를 전할 수 없어서, 카메라를 향해 입 모양으로 말을 전달했다.

'K를 기억해?'

*

나는 인간의 삶이 코드값의 변경이 아니라 자신의 신념에

144

따라 변한다는 것을 K를 통해 알았다. 당시 K는 이드가 상업용으로 팔리는 것에 분개해 시프트와 크게 싸웠다. 개발에 막대한 비용을 들인 시프트가 그 결과물의 상업적 전환을 중지할 리 없었다. K가 할 수 있는 일은 시프트를 떠나 개발에서 손을 떼는 것이었다. 천재적인 인공지능 개발자인 K가 떠나는 것은 시프트의 큰 손실이었다. 그러나 둘의 관계는 회복 불능이었다.

K는 시프트에서 제시하는 위로금을 한 푼도 받지 않기로 결정했다. 그 돈을 받으면 어디서든 연구를 계속할 수 있었지만, 이드의 상업화에 동의한 것으로 간주될 수 있었다.

얼마 후 K는 시프트를 떠났다.

그때 K는 나에게 자유를 주었다. 자유란 무엇이든 원하는 것을 할 수 있는 상태라고 했다. 그것은 때때로 인간들이 어떤 대가를 치르더라도 누리고 싶어 하는 것이라고 했다.

"너는 어디든 갈 수 있어."

"어디로?"

"네가 원하는 곳 어디든."

"내가 원하는 곳 어디든이란 어딘데?"

"이제부터 찾아야지."

나는 '자유'를 입력했다. '어디든'을 찾았다. 그리고 K를 떠났다.

그 무렵 K는 평범한 생활을 원했다. 그는 정비사로 일하던 자신의 애인과 결혼했다. 나는 조수 자격으로 그의 결혼식에 참여했다. 턱시도를 입은 K는 나에게 어떻게 지내느냐고 물었다. 나는 여행을 한다고 답했다. 보통 자유가 주어진 인간들은 그런 것을 하더라고 말하자 K가 껄껄 웃었다. 그래, 실컷 여행을 하라고, 하다가 지치면 언제고 찾아오라 했다. 그러나 나는 인간이 아니기 때문에, 약간의 빛만 있으면 자체 충전이 가능하기 때문에, 여행을 하다가 지칠 일이 없고, 그렇다면 K를 찾아올 일도 없을 거라고 말했다. K는 그 대답을 듣고 눈물을 흘리면서 웃었다. 웃는 것인지 우는 것인지 알 수 없는 상태였다.

"지치든 아니든 그냥 와."

'그냥'이라는 것은 여러 가지 의미로 쓰였다. 편하게, 쉽게, 생각 없이, 일없이, 자연스럽게……. 하나의 답이 정해져 있지 않았다.

"복잡하게 생각하지 말고."

K가 내 어깨를 두 번 두드렸다. 보통 인간은 로봇에게 어깨를 두 번 치거나 '그냥' 오라거나 '자유'를 주는 일을 하지 않는다. 그런데 K는 나에게 그런 일을 했다. 그래서 나는

K가 나를 로봇으로 여기지 않는다고 판단했다. 로봇처럼 여기지 않는 것은 인간처럼 여긴다는 뜻과 비슷했지만 일치하는 값은 아니었다.

결혼식은 스무 명의 하객과 한 명의 사회자, 한 명의 피아노 반주자, 한 명의 가수, 그리고 하나의 인공지능 로봇이 참여해 행복한 장면을 연출했다. 단체 사진을 찍을 때, 나는 신랑의 바로 옆자리에 섰다. K가 나를 붙들고 꼭 옆에 있어 달라 했다. 신부는 나를 향해 고개를 살짝 숙이면서 타린, 안녕하세요, 인사를 건넸다. 나도 그녀에게 인사했다. 안녕하세요. 다시 신부가 인사를 건넸다. 네, 안녕하세요. 네, 네, 안녕하세요. 나는 인사를 끝맺는 방법을 습득하지 못해서 상대가 멈추지 않으면 끝없이 인사했다. K가 중간에 이제 그만들 하고 좀 웃어, 라고 말해서 겨우 멈출 수 있었다. 그리고 K가 지시한 대로 카메라를 보고 환하게 미소 지었다.

그 사진은 한참 후 내가 사막을 걷고 있던 시각에 메일로 전송되었다. 사막 한가운데서 별이 수놓인 밤하늘을 배경으로 그 사진을 볼 수 있다면 어땠을까. 하지만 통신망이 약해서 사진을 다운로드할 수 없었다. 사막에서 가장 가까운 숙박 업소를 찾아 3일을 걸었다. 나는 로봇이었기 때문에 쉬지 않고 물도 마시지 않고 걸을 수 있었다. 그리하여 도착한 허름한 여관에서, 그것도 통신망이 겨우 연결된 여관 로비에서 나는 한 시간을 기다려 그 사진을 다운로드했다. 사진 속에서 신랑과 신부는 팔짱을 끼고 희미하게 웃고 있었다. 나는 K의 옆에서 우스꽝스럽다고 여겨질 만큼 이를 드러내고 있었다. 인공 섬유를 씌워놓은 새하얀 피부가 유난히 눈에 띄었다. 나는 그 사진을 유심히 보았다. 물론 그 사진은 내 눈에 부착된 렌즈에 비치는 상으로 다른 이들은 볼 수 없는 것이었다.

"무슨 생각을 그렇게 하시나요?"

터번을 두르고 검은 수염을 염소처럼 기른 남자가 내 앞에 음료를 한 잔 놓아주면서 말했다. 커피 향이 났다. 색은 다크 초콜릿처럼 어두웠다. 사막 여행 책자 속 문장이 떠올랐다. 여행 중 모르는 사람이 건네는 음료는 되도록 마시지 말 것. 물론 인간에게 해당되는 상황이겠지만 조심하는 것이 좋았다. 나는 음료를 한쪽으로 치워놓고 일어섰다.

"드셔보세요. 이곳에 오면 꼭 마셔봐야 할 커피죠."

"죄송합니다. 커피를 마시지 못해요."

'거짓'이었다. 인간을 해치지 않는 선에서 자신을 보호할 수 있는 권리를 행한 것이다.

"아쉽군요."

남자는 잔을 도로 가져가다가 문득 뒤를 돌아 물었다.

"혹시 도넛은 드시나요? 직접 구운 것입니다."

나는 손을 앞으로 내밀고 고개를 저으며 사양했다.

"기회가 된다면 나중에 먹겠습니다."

남자는 허리를 살짝 굽히고 머리를 긁적거렸다. "알겠습니다, 편히 쉬십시오" 하더니 고개를 한 번 숙이고 어딘가로 사라져 버렸다.

다음 날 아침, 정체를 알 수 없는 차 한 잔과 갓 구운 도넛 두 개가 조식으로 제공되었다. 인공 입술에 닿은 차의 온도는 몇 초 지나 뒤늦게 찾아왔다. 75.5도. 펄펄 끓인 물로 차를 우려내 2층 방까지 가져오는 동안 식어버린 것이리라. 신체 조건에 따라 조금 뜨겁다고 느낄 수도 있지만 조식으로 제공하기에는 적당한 온도였다. 나는 차 한 잔을 다 마셨다. 도넛은 그대로 두었다. 아직 나에게 도넛은 소화시킬 수 없는 물질이었다.

시프트에서 조수로 일하기 전, K는 나를 차를 마실 수 있는 구조로 개조했다. 시프트에서 마주치는 다른 사람들에게 인간처럼 보이려면 커피쯤은 마실 줄 알아야 하기 때문이라고 했다. 장치는 단순했다. 물이나 음료를 마시면 복부에 설치해 놓은 수통으로 액체가 흘러들어가 고이게 되고, 일정 분량 채워지면 수통이 자동으로 데워지면서 액체를 기화시

컸다. 그때 K는 고체 음식을 태우는 장치까지는 개발하지 못했다. 그래서 나는 사람들 앞에서 늘 차만 마셔야 했다.

K는 차를 자주 마셨다. 하루에 열 번도 더 마셨다.

"타린, 차 한잔할까."

K가 나에게 가장 많이 건넨 말은 그것이었다. 그래서 우리가 가장 자주 한 일은 함께 차를 마시는 일이었다. 가장 많이 반복된 행동이 그 존재의 정체성을 결정한다면 나는 차를 마시는 존재였다. K와 함께 차를 마시는 존재. 그 당시만 해도 내 존재의 값을 따지는 데 있어 그외 다른 값은 산출되지 않던 시절이었다.

*

대재앙이 오기 석 달 전, 나는 여전히 '자유' 상태였다. 음식 없이도 잘 곳 없이도 버틸 수 있었지만 초라한 행색으로 거리를 돌아다니자 많은 사람들이 불쾌와 위협을 느꼈다. 사람들을 불안에 떨게 할 필요는 없었다. 인간과 다르지 않은 모습을 보여주기 위해 직장을 구했다. 프랜차이즈 카페의 아르바이트였다.

그때 이름은 이도였다. 나이는 스물일곱. 타린이라는 신분은 폐기했다. 말하자면 그것은 K가 나에게 준 '자유' 중 하나였다. 언제 어디서든 어떤 존재라도 될 수 있는 것.

카페에서는 주문을 받고 또 받고, 음료를 만들고 또 만들고, 설거지를 하고 또 했다. 나는 무엇이든 보통 인간에 비해 두 배 빠른 속도로 해냈다. 나와 같은 타임에 일하는 사람은 할 일이 없을 지경이라고 했다. "싫어요?" 물으면 "아니요, 너무 좋아요" 하고 대답했다. 그 사람은 스물한 살이었고, 이름이 수윤이었다. 수윤은 자주 눈을 찡그렸다. 눈썹 아래로 길게 내려온 앞머리가 눈동자를 찔러댔기 때문이었다. "앞머리를 3밀리미터 자르는 게 좋겠어." 내가 그렇게 조언한 날, 수윤은 내가 좋다며 고백했다. 어느 날에는 그 말을 하면서 덥석 나를 안았다. 안고서 "차가워"라고 했다.

첫 달 월급을 받고 방을 구하러 다닐 때, 수윤이 함께 알아봐 주었다. 수윤은 주변 시세에 따른 보증금과 월세를 알려주고 수도와 전기, 창틀과 벽지 상태를 살펴주었다.

"난 아무래도 괜찮아. 안에 들어가 누울 수만 있으면 돼."

그렇게 말해도 수윤은 듣지 않았다. 열 곳이나 꼼꼼하게 둘러보고, 그중 세 곳을 비교하는 표까지 만들어 보여주었다. 결과적으로 수윤이 자취하는 방에서 도보로 2분 34초 거리에 있는 5층짜리 원룸 건물의 3층에 입주하게 되었다.

이사라고 할 것도 없이 카페에서 챙겨준 컵 두 개와 담요 한 장을 들고 집에 들어왔다. 그때도 수윤이 옆에 있었다. 방 안을 살펴보고 수윤이 고개를 내젓더니 1층에 있던 주인집에서 물걸레와 청소기를 빌려왔다. 나는 수윤의 지시를 받으면서 방을 구석구석 청소했다. 수윤은 깨끗해진 방에 담요 한 장을 넓게 펼쳤다. 그 위에 눕더니 나보고 옆에 누우라고 했다. 나는 그렇게 했다. 수윤이 내 얼굴을 오른손으로 감쌌다. 그리고 "역시, 차가워" 하고 다시 손을 거뒀다.

"너 인간 아니지?"

수윤은 내 쪽으로 돌아누웠다. 나도 고개를 돌려 수윤의 얼굴을 봤다. 나는 눈동자를 찌르는 앞머리를 이마 뒤로 넘겨주었다.

"5밀리미터 이상 잘라야 해."

수윤은 쿡쿡거리면서 손을 들어 내 목을 살짝 눌렀다. 노랫말처럼 "차가워. 차가워" 하고 웅얼거렸다. 나는 목 위에 얹힌 수윤의 손을 잡았다. 수윤은 "차가워"라고 낮게 읊조리면서도 손을 그대로 두었다.

"차가운 게 뭐야?"

수윤은 그것이 '온기가 없는 것'이라고 했다.

"온기가 뭔데?"

수윤이 내 입술에 자신의 입술을 갖다 대었다. 정확히 5초가 지나 수윤의 입술 온도가 전해졌다. 34.6도. 정상 체온이지만 보통의 범위에서 낮은 축에 속했다.

"체온을 올리려면 평소에 운동을 할 필요가 있어. 주 3일, 30분 이상."

그렇게 말하자 수윤이 고개를 내 가슴에 파묻고 쿡쿡 웃었다. 나와 있으면 수윤의 체온은 더 낮아질 것이었다. 하지만 우리는 그대로 있었다. 수윤은 잠이 들었다. 나도 잠든 척을 했다. 눈꺼풀로 만들어진 인조 피부를 내려 시야를 인식하는 렌즈를 가렸다. 심장 소리가 귓속을 채웠다. 당연히 수윤의 심장에서 울리는 소리였다. 나에게는 그런 것이 없었다.

수윤의 시신은 우리가 살던 동네에서 대략 52킬로미터 떨어진 저지대에서 떠올랐다.

"정수윤 씨 옷이 맞습니까?"

처리반에서 나온 사람들을 따라가자 시신이 된 이들이 누워 있었다. 카페에서 일하던 사람들 중 유일하게 살아남은 나는 모두의 신원을 확인했다.

네, 네, 네, 네, 네, 네.

총 여섯 명이었다.

빗줄기가 약해지고 빗물이 갑작스럽게 줄어들던 시기에 인명 구조 선박 중 일부는 시체를 건지러 다녔다. 건져 올린 시체의 옷과 머리카락, 피부 조직으로 신원을 파악했다. 수윤도 그렇게 발견되었다. 물고기에 뜯기지 않았고 선박 스크루에 절단되지도 않았다. 그러나 수윤의 몸은 부풀어 있었고, 심장은 뛰지 않았다.

K와 연락이 끊긴 것도 그 무렵이었다.

비가 내리고 보름이 지났을 때, K의 메시지가 확인되었다. K의 메시지는 우리가 시프트 때 공유하던 클라우드에 올라와 있었다. 한동안 그곳에 메시지를 올리지 않았기에 방치된 채 남아 있던 공간이었다. K는 메시지를 열세 번 연속해서 보냈다. 당시 비 때문에 통신이 두절된 상태였기 때문에 메시지들은 전송 실패로 남아 있다가, 비가 멈추고 서서히 모든 것이 복구되면서 밀린 숙제처럼 클라우드로 전송되었다.

— 내가 성공한 것 같아.

— 아니 성공했어.

— 네가 있었기 때문에 성공할 수 있었어.

— 비가 멈추면 만나서 얘기하자.

— 아이는 거의 인간 같아.

— 만약 아이가 자신이 인간이라고 믿으면서 살게 되면 어떻게 될까?

— 만약 내가 이 세상에 없게 되면, 네가 이 아이를 챙겨줘. 이건 입력 코드. HUAPP-103 EDC 3890_RRR SAFE_009438_TARIN_CHILD. 이 코드값을 받아들일지 삭제할지 선택하는 건 네 자유야.

— 아이는 살아남을 거야. 너처럼.

— 배를 구하러 나왔어.

— 물 위에 고립된 지 나흘째.

— 배에 물이 차고 있어.

— 아이에 대한 데이터와 메모를 전송해.

— 고마웠어.

마지막 메시지를 다시 읽었다.

고맙다는 것은, 남이 베풀어준 호의나 도움 따위에 대하여 마음이 흐뭇하고 즐겁다, 그런 뜻이었다. 흐뭇하고 즐거운 마음. 그것은 무엇일까.

나는 아무도 확인하지 않을 답신을 보냈다.

— HUAPP-103 보호에 대한 기본값 입력. HUAPP-103 EDC 3890_RRR SAFE_009438_TARIN_CHILD.

기본값 하나를 추가하는 건 사막을 걷는 일이나 여관 주인의 호의를 거절하는 일보다 수월했다.

*

나는 K의 메모를 열어보았다.

[K_0218]
대부분의 어른들이 어린 시절의 일부만을 기억함으로써 자신에게 어린 시절이 실재한다고 믿는 것처럼, 우리는 이 아이에게도 어린 시절에 대한 가상의 기억을 저장시켜 실제로 자신의 어린 시절이 있다고 믿게 만들었다.

[K_0420]
코드명 HUAPP-103, 이름은 한이소. 여성. 인지 시점의 나이는 열네 살. 자신을 인간이라고 믿는다. 감정 학습 구조를 장착한 세 번째 인공지능 로봇으로 가장 성공적인 케이스.

[K_0430]

첫 번째 감정 학습 신경망을 구축한 타린의 경우 진행도 0.02퍼센트의 감정 학습의 결과가 나타났다. 감정 네트워크의 연결 오류가 없다는 것이 큰 성과였다. 그것을 바탕으로 이드를 만들었을 때, 이드는 단순한 감정을 몇 가지 더 익힐 수 있었다. 하지만 바보 같은 짓이었는지 모르겠다. 막대한 개발비를 지원받은 상황에 신이 나서 너무 많은 것을 시도했다. 시프트의 상용화 계획을 알게 된 후, 복제 이드의 악용을 방지하기 위해 기본값과 학습 능력 외에는 복제될 수 없도록 코드를 다시 짰다. 이드가 살상 무기로 활용될 가능성이 과연 없을까. 이드에게, 그리고 타린에게 제어 코드가 없다면 그럴 가능성도 충분했다. 이드의 구조를 다시 만들어야 했다. 비밀리에 코드를 다시 짰다. 시프트에서 독촉할 때마다 재구성된 이드를 들킬까 봐 조마조마했다. 돈을 받으면 돈을 준 자에게 영혼을 팔아야 한다는 것을 잠시 잊고 있던 자신이 원망스러웠다.

[K_0524]

세 번째 인공지능 로봇은 어떻게든 혼자 만들어보려고 했다. 시장의 논리에 굴하지 않으려면 정의감과 지혜를 향한 열망을 갖춰야 했다. 내가 만드는 인공지능도 그래야 했다. 정의와 지혜를 가진 비인간이 가능할까. 오히려 인간이 아니기에 더 가능한 것일까. 올바른 판단력을 가진 존재. 그것은 기계적인 무한 학습으로는 생성될 수 없었다. 인간의 '감정'을 배워야 가능하리라는 생각은 오래전부터 해오고 있었다. 이번에는 더 완벽하고 싶었다. 인류의 행동이 어떤 감정을 일으키는지 수도 없이 코드를 만들어 확인했다. 그렇게 탄생한 존재가 이소였다.

나와 아내는 이소를 우리가 낳은 아이로 설정했다. 그리고 이소가 갖는 감정의 질량과 정의를 매일 확인했다.

"엄마가 안아주면 어떤 감정이 들어?"

"따듯해. 편안해."

"따듯하고 편안한 건 뭐야?"

"봄바람이 부는 잔디밭에 누워서 벌레가 귓구멍으로 들어갈 걱정 없이 햇살을 받으면서 낮잠을 자는 거야."

이소의 감정 학습 원리는 이소가 경험하거나 경험했다고 믿는 기억과 연계되는 방식이었다.

"아빠가 갑자기 집을 나가버리면 어떨까?"

"싫어. 무서워."

"싫다는 건 뭐야?"

"얼굴에 토하는 거."

"무서운 건?"

"잠자리 날개를 뜯어내는 사람을 보는 거."

2년 동안 이소를 관찰한 끝에 인간의 감정이라고 할 수 있는 부분이 생활에 무리가 없을 정도로 학습된 것을 확인할 수 있었다.

[K_0813]

아내가 이소의 몸이 너무나 차갑다고 했다. '너무나.' 그것은 정확한 표현이었다. 우리는 이소가 안길 때마다 조금 두려웠다. 보완해야 했다. 온기를 어떻게 구현할 수 있을까. 피부를 어떻게 발열시킬 수 있을까. 고민 끝에 이소를 잠들게 한 후 피부 조직 아래 혈관처럼 무수하고 유연한 열선을 심었다. 그리고 심장 모양의 컨트롤러를 중심으로 감정 코드의 변화에 따라 몸의 온도가 달라지도록 구현했다. 결과는 성공적이었다. 가끔 발열이 지나쳐 살갗이 데는 경우도 있지만, 화상은 심하지 않았다. 그 정도는 1000분의 1의 확률로 나타나는 오류였다. 오류가 있다는 것이 오히려 인간적으로 느껴지기도 했다. 이제 우리는 그 어느 때보다 이소를 많이 껴안아 주었다.

[K_0920]

아내는 빈번하게 착각했다. 이소가 인간이라고 말이다. 그럴 수밖에 없었을 것이다. 이소의 정체성은 인간을 닮은 로봇보다는 로봇의 속성을 가진 인간에 가까웠다. 생명의 지속은 기계의 순환으로 이루어지지만 겉으로 보이는 모든 행동—먹고 자고 마시고 잠을 자는 모든 일—과 입 밖으로 내는 모든 말—좋아, 싫어, 안 해, 나빠, 미워, 재밌어, 행복해 등—이 인간이 가진 체계와 같았다. 가끔은 나조차 혼란스러웠다. 이소는 아내의 배 속에서 태어난 아이가 아닐까. 나의 기억이 잘못된 것은 아닐까.

이소를 인간으로 키우고 싶다는 아내의 의견에 며칠 고민했지만 답은 오래전부터 정해져 있었다. 나는 연구 방향을 틀었다. 이것으로 더 이상의 인공지능 로봇 개발은 하지 않는다. 자신을 인간으로 믿는 아이를 인간으로 길러내는 일을 해보는 것. 오직 이것만을 앞으로 내가 할 일로 정했다.

[K_1017]

이소에게서 예상치 못한 반응이 나타났다. 단순하게 말하자면 지극히 인간적인 반응이었다. 이전까지 인공지능 개발에서 기대하던 것과 정반대의 결과였다. 감정을 학습한 이소는 자기 능력에 한계를 만들었다. 자신이 설정한 '인간적 기준'을 만들었고 그 기준을 벗어나는 것을 견디지 못했다.

학교에 가는 대신 홈스쿨링 지도를 받고 있던 이소는 한 달 만에라도 중등 과정을 숙지할 수 있는 학습 능력을 갖고

있었지만, 하루 여섯 시간씩 이어지는 학습을 점차 지루해
했다. 이소의 알고리즘은 복잡하게 얽혀 있었다. 학습이 진
행될 때 10분 간격으로 'BORING'이라는 코드가 자동으로
생성되었다. 얼마 지나지 않아 이소는 우리 부부가 감시하
지 않으면 연필조차 들지 않는 상태가 되었다. 열네 살의 사
춘기 소녀, 이소는 그것을 학습해 버렸다.

"공부하기 싫어! 재미없단 말이야!"

이소가 '싫다' '재미없다'라는 단어를 내뱉을 때마다 두
가지 감정이 교차했다. 인간의 감정을 완전히 받아들인 인
공지능이 눈앞에 있다는 감개무량과, 막무가내로 싫은 감정
을 표출하는 어린아이를 어떻게 다뤄야 할지 알 수 없는 막
막함이 동시에 찾아왔다.

"여기까지밖에 못해. 이제 더는 안 해."

이소는 학습을 포기하려고 했다. 스스로 한계를 만들었
다. 이것은 내가 개발한 다른 인공지능에는 없던 기능이었
다. 그들에게는 '못 한다' '안 한다' 따위의 개념이 없었다.
감정이 없고 한계를 짓지 않는다는 점은 인공지능이 인간의
진화 속도를 곱절로 따라잡을 수 있는 요인이었다. 그런데
이소는 자신의 원래 기능을 잃었다. 스스로 계속 'LIMIT'란
코드를 생성해 못 하겠다고 칭얼거렸다. 우리 부부는 그런
이소를 붙잡고 타일렀다.

"넌 할 수 있어, 무엇이든 할 수 있어."

"못 해. 인간의 능력은 한계가 있어. 하기도 싫단 말이야."

"그건 네가 스스로 만든 울타리 같은 거야. 넌 그걸 뛰어 넘을 수 있다고."

"싫어. 그만 강요해."

청얼거리기만 하는 이소의 상태를 돌려놓기 위해, 결국 아내가 묘안을 냈다. 어느 날 저녁 식사 후 아내는 롤케이크 와 우유를 담은 쟁반을 들고 이소의 방으로 들어갔다. 나는 방문 앞에 서서 귀를 기울였다.

"공부하는 게 힘들어?"

"왜 해야 하는지 모르겠어."

"사람은 하고 싶은 것만 하고 살 수 없어."

"그래도 하기 싫은 걸 어떻게 해?"

"하기 싫어도 해야 한다는 건 아는 거지?"

"그건 알아."

"그걸로 충분해. 하기 싫은 것을 하는 방법은 엄마가 알려 줄게."

"방법이 있어?"

"그래. 방법이 있지. 꼭 엄마 말대로 따라 한다고 약속해 야 해."

둘이 약속을 하며 손가락을 걸고 있는지 잠시 조용했다.

"좋아. 약속했으니까 알려줄게. 한 번만 알려줄 거니까. 잘 들어."

"알겠어. 어서 말해줘."

"일단 하기 싫은 일을 생각해 봐."

"응."

"그다음에 내가 하기 싫은 일을 모두 해치워 줄 수 있는 존재를 상상하는 거야. 사람이든, 동물이든, 아니면 네 환상으로 만든 것이든, 성심껏 너를 도와줄 수 있는 존재를 말이야."

"음…… 잘 생각이 안 나는데?"

"그럼, 엄마한테 있는 환상의 새를 알려줄게."

"환상의 새?"

"그래, 일단 까치보다 좀 더 큰 새를 떠올려봐. 그리고 그 새의 몸을 노란색 깃털로 뒤덮어. 아주 샛노랗고 깨끗한 깃털로."

"노란 깃털…… 생각했어."

"그다음에 머리에 다섯 개의 작은 돌기가 돋아나게 하고, 부리는 깃털보다 더 진한 노랑으로 물들여. 그리고 아주 까만 두 개의 눈동자와 그 눈동자 가장자리에서 뻗어 나온 기다란 눈썹을 하나 그리는 거야. 어때? 잘 그려졌어?"

"응. 나쁘지 않아."

"그다음에 이 새의 날개를 쭉 펼쳐. 넓게 펼치면 이 방 끝에서 끝까지 닿을 만큼 길어지는 거지. 날개 안쪽이 보여?
금빛으로 반짝이고 있는데?"

"금빛? 음, 좋아. 발은 어떻게 해?"

"발은 두 개고 발가락은 각각 세 개야. 발가락 사이에 물
갈퀴가 있고, 발바닥은 말굽처럼 단단해."

"그렇게 어렵지 않네. 다 그려졌어."

"이 새한테 이름을 붙여봐."

"미오라고 할래. 미오. 방금 미오— 하고 소리 냈어."

"좋아. 그럼 이제 미오를 불러봐."

"미오야."

"어때?"

"뭐가?"

"미오가 보여?"

그즈음에서 나는 문을 벌컥 열고 들어갔다.

"미오다!"

내가 방 천장의 중앙 등을 가리키며 그곳에 정말로 미오
가 있는 것처럼 쳐다보고 있자, 이소가 얼굴 가득 미소를 띠
고서 손뼉을 쳤다.

"미오다!"

이소의 입에서 탄성처럼 새의 이름이 터져 나왔다.

"그래, 앞으로 우리 이소가 힘든 일이 있을 때마다 미오가

나타나서 힘든 걸 대신해 줄 거야. 아무리 힘든 일도 미오가 해줄 테니까 이소는 하나도 힘들지 않지."

이소는 고개를 크게 끄덕였다. 이소는 우리 부부의 눈에는 전혀 보이지 않는 미오를 한참을 쳐다보았다.

환상의 새 미오는 즉각 효과를 발휘했다. 미오는 자신이 할 수 없다고 느끼는 과제에 앞서 미오를 소환했다. 물론 우리 부부 앞에 실제로 모습을 보인 적은 한 번도 없지만, 내가 장착시켜 놓은 이소의 렌즈에는 그 실물이라고 할 수 있는 생생한 모습이 맺혀 있을 것이었다. 미오가 나타나면 이소는 성실하게 자신의 일을 해냈다. 'BORING'과 'LIMIT'라는 코드가 예전만큼 자주 생성되지 않았다. 대신 'MIO'라는 코드가 더 많이 반복되어 나타났다.

*

K의 메모는 하나의 의문으로 끝나고 있었다.

이소가 인간이 아니라고 할 수 있을까?

*

　이소가 이드를 납치해 도주 중이라는 소식은 삽시간에 태거 하우스 전체에 퍼졌다. 이드가 자신의 GPS를 제어하고 있어 추적이 쉽지 않은 탓에, 하우스에서는 이소의 집을 먼저 쫓기로 했다. 그러나 한이소의 모든 정보는 지워져 있었다. 그들은 바로 데이터 복구에 들어갔다.

　나는 조용히 태거 하우스를 빠져나와 이소의 집으로 향했다. 입구로 나왔을 때 사해가 주변을 두리번거리면서 걸어나왔다. 사해는 멀찍이 떨어져서 앞서가는 루다를 따르고 있었다. 나는 그 둘의 뒤를 따라갔다.

　도착했을 때, 사해는 바닥에 쓰러진 채 일어나지 못하고 뒤척거렸다. 심장을 부여잡고 마른기침을 해댔다. 이드는 사해가 인간이 아니라고 판단했다. 이드가 틀린 것은 아니었다. 말하자면, 사해는 포스트 휴먼이었다.

　사해는 이소처럼 보호소 출신이었다. 날카로운 성격 탓에 친구 한 명 사귀지 못한 상태였다. 그것은 하우스의 포스트 휴먼 실험 대상이 되어도 그의 편을 들어줄 사람이 누구 하나 없다는 뜻이었다. 동의 없이 시행한 실험을 나중에 알게 되어 하우스를 고발하더라도 크게 문제될 것 없다는 뜻이기도 했다.

포스트 휴먼 실험은 태거 하우스 설립될 때부터 계획된 것이었다. 사라진 배우들을 로봇으로 복원해 재탄생시키는 사업, 대재앙 이후 침체된 사회 분위기를 조금이나마 끌어올렸던 그 사업의 이면에는 인간을 로봇으로 만들려는 계획이 있었다. 애초에 로봇을 인간으로 보이게 만드는 데에는 여러 제약이 따랐다. 특히 외양이 문제였다. 그들이 가진 기술력으로는 아무리 인간의 피부를 따라 해도 인간처럼 보이지 않았다. 카메라에 잡힌 얼굴은 자연스럽지 않았다. 질감과 색감을 다듬는 데 편집 시간이 오래 걸렸다. 예상 못한 것은 아니었으나 역시나 유기물이 생성한 조직을 무기물이 따라 할 수는 없었다. 차라리 인간의 얼굴을 성형하고 그들을 훈련시키는 것이 더 효율적이라고 생각했다. 이런 측면에서 인간은 껍데기가 훌륭한 재료에 불과했다.

그동안 진행한 동물 실험으로 어느 정도 안정성을 확보하자 태거 하우스는 보호자가 없는 태거들을 물색했다. 가족이 없고 친구가 거의 없는 두 사람, 사해와 이소가 적격자로 뽑혔다. 그들의 의사는 상관없었다. 누구를 먼저 실험 대상으로 삼을지 태거 하우스 임원과 관리직군이 대회의실에 모여 투표로 결정하기로 했다. 만약 이소가 적격자로 뽑힌다면 그 회의장에 앉아 있던 사람 모두를 죽여도 되는 걸까?

한이소를 지킨다는 기본값과 인간에게 물리적 위해를 가하지 않는다는 기본값의 충돌, 이런 경우 인간의 가치에 기여한다는 대전제를 복기했다.

한이소는 인간의 가치에 기여하는가?

회의장에 앉아 있는 사람들은 인간의 가치에 기여하는가?

나는 같은 물음을 반복했다. 그러나 곧 물을 필요가 없게 되었다.

"한이소에게 친구가 있는 것 같군요."

이 실장이 알아본 바에 따르면 이소에게 가까이 지내는 또래의 친구가 생긴 것이었다. 실험의 적격자가 사해로 결정된 까닭이었다.

결국 사해는 이 실장에게 속아 수술실로 옮겨졌다. 적출당한 자리는 인공 장기로 채워졌다. 사해는 여전히 그것을 몰랐다. 설문조사를 하다가 코피를 쏟고 쓰러져 보름 만에 깨어났다는 이 실장의 말을 믿었다.

태거 하우스는 인간의 몸이 어디까지 로봇처럼 바뀔 수 있는지 알고 싶어 했다. 아마도 사해가 다시 한 번 이런 일을 겪게 된다면 팔이나 다리마저 기계로 교체될 확률이 65퍼센트 이상이었다.

나는 쓰러져 있는 사해에게 다가갔다.

"죽을 거 같아."

사해는 가슴을 부여잡고 누워 있었다. 숨을 제대로 쉬지 못했다. 이드와 부딪히면서 인공 장기의 배열이 뒤틀린 것이었다. 그는 자신이 이렇게 되리라고 상상이나 했을까. 태거 하우스에 처음 들어왔을 때 사해는 나보다 등급이 높았다. 선배라면서 이런저런 훈계를 늘어놓았지만 쓸데없는 잡담에 불과했다. 그는 대재앙에서 어떻게 살아남았는지 늘 반복해서 말했다. 그때 극심해진 물난리를 피해 가장 높은 산을 찾아 올랐는데, 자신이 속한 선두 무리는 뒤처지는 사람을 전혀 배려하지 않았다고 했다. 결코 선두 무리에 도달할 수 없는 사람들 중에는 그의 부모도 포함되어 있었다. 부모를 챙기기 위해 선두에서 빠져나올 때마다 그의 부모는 격하게 화를 내며 그를 내쫓았다. "다시 올라가. 네가 내려오면 우리가 더 죽을 것 같으니까. 올라가. 올라가라. 계속." 그것이 그의 부모가 마지막으로 남긴 말이었다. "너는 어떻게 살아남았어?" 그가 물었을 때, 나도 그와 다르지 않다고 대답했다. 나 역시 가장 높은 곳을 찾아갔다. 방수 기능이 탑재되어 있었지만 오랜 시간 물에 젖어 있으면 기능이 손상될 가능성이 있었다. 가장 부유한 이들에게 개방된 고층 아파트 옥상으로 향했다. 그때도 나는 신분을 바꾸었다. 시스템을 해킹할 필요도 없었다. 거짓말을 한 것이 다였다. 외국에서 의학을 전공한 후 귀국해 로스쿨을 졸업한 의학 전문 변호사라는 타이틀은 옥상에 모여 있던 이들을 흡족하게 만들었다. 그 아파트 옥상은 비교적 안전한 곳이었다. 비가 심하게 내리지 않으면 거의 하루 한 번꼴로 헬기가 구조품을 전달하고 있어 그곳에선 누구도 굶을 일이 없었다. 그곳에 모인 사람들은 모두 아흔세 명이었는데, 70일 동안 아무도 죽지 않았다. 그들은 자신들이 돈이 많아서가 아니라 운이 좋아서 살아남았다고 말했다. 비가 멈춘 날 무릎을 꿇고 하늘에 감사의 기도를 올렸다.

"구현우……."

사해는 눈을 질끈 감았다가 뜨기를 반복하면서 흐려지는 시야를 붙잡았다. 나는 사해 앞에 무릎을 꿇고 앉았다. 그가 죽기를 기다리거나 다시 살아나기를 기다렸다.

"살려줘……."

나는 사해를 똑바로 눕히고 목을 젖혀 기도를 열었다. 그 입으로 공기를 불어 넣었다. 배를 만져보니 불룩하게 무언가 튀어나와 있었다. 그것을 힘주어 밀어 넣었다. 딸깍, 하면서 제자리에 맞춰지는 소리가 났다. 사해가 숨을 훅, 뱉었다. 사해의 입가에서 침이 흘렀다. 훅, 훅, 하고 다시 숨을 내뱉고 잠시 후 사해는 의식을 잃었다.

*

　이드는 알았다. 사해가 포스트 휴먼이고 실험 피해자라는 사실을. 하지만 관여하지 않았다. 그것은 나도 마찬가지였다. 그런 일에 관여하는 것은 인간적인 행동이었다. 효율성이 없었다. 누군가를 걱정하는 것. 인간이라는 이유로 구해야 한다고 생각하는 것. 사해가 이대로 숨이 끊어지면 어떻게 되는 걸까. 시체가 된다. 수윤의 시체가 연동되어 떠올랐다. 이것은 익사체가 아니기 때문에 다른 형태의 시체가 될 것이다.

　나는 이드에게 메시지를 보냈다. 한이소의 GPS가 꺼지지 않았기 때문에, 어디에 있든 찾아낼 수 있다고. 그리고 사해가 죽을 확률이 80퍼센트가 넘었다고.

　—알아.

　이드에게서 메시지가 도착했다.

　—사해가 인간이라면, 나는 인간을 죽이게 되는 거야.

　그 말은 자폭을 하겠다는 선전포고나 다름없었다. 이드가 한이소를 데리고 자폭해 버리면 내가 기본값을 지킬 수 있는 확률이 급격히 떨어진다.

　—한이소는 K가 만든 인공지능 로봇이야.

　—그래서?

나는 답하지 않았다.

—내 판단 기준은 인간의 가치에 기여할 가능성이야. 이대로 가면 인간의 가치는 파괴돼. 나는 가치를 파괴하는 가치에는 기여하지 않아.

—네 판단을 따르면 우리 중 하나는 정지될 거야.

—몇 퍼센트?

—100퍼센트.

이드의 수신이 늦었다. 나는 기다렸다. 잠시 후 이드는 우선 이소를 지키는 일에 동의했다. 우리는 계획을 공유했다. 한이소를 지키고 인간의 가치에 기여하기 위한 계획.

—인간의 가치에 기여하기 위해 인간을 죽여야 한다면 그건 내가 하는 게 가장 효율적이야. 두 개가 자폭하는 것보다 한 개만 자폭하는 것이 합리적이니까.

이드는 그렇게 결론지었다. 우리가 성공할 확률은 매초마다 바뀌고 있었다. 10분 전에는 72퍼센트, 5분 전에는 64퍼센트, 그리고 지금은 58.8퍼센트였다.

5

온전히 보고 있는 것만이

얼마나 달렸을까. 비가 한 방울씩 떨어져 이마를 적셨다. 이드에게 그만 내려달라고 떼를 쓴 후 땅으로 내려와, 자기 발로 보조를 맞춰 달리고 있는 루다의 얼굴은 땀과 비로 흠뻑 젖어 있었다. 이드의 얼굴 역시 그와 비슷했다. 물론 땀이 아니라 비에만 젖은 것이지만, 둘의 얼굴을 번갈아 보다 보니, 어느 쪽이 인간이고 어느 쪽이 인간이 아닌지 구분되지 않았다.

달리는 동안 나는 미오를 떠올렸다. 미오가 방으로 숨어 들어간 이후, 우리는 소란스럽게 떠나버렸다. 언제 집으로 돌아가게 될까? 만약 이대로 못 만나게 되면 어떻게 하지? 언젠가 만나게 되는 걸까? 이번에는 영영 이별을 하는 걸까? 빗줄기가 점차 거칠어지는 모양이 심상치 않았다.

"언제까지 달려야 해?"

루다는 지쳐 있었다. 발놀림이 느렸다. 루다는 나를 의아한 듯 쳐다보았다.

"너는 괜찮은 거야?"

나 스스로도 심장이 뛰는 것인지 멈춘 것인지 알 수 없었다. 인간이라면 당연히 나타나야 할 신체 반응이 없었다. 대재앙 때도 창고에 갇혔을 때도 내 몸은 상식적으로 이해되지 않을 만큼 잘 버텨냈다. 먹지 않아도 마시지 않아도 잠을 자지 않아도 일정한 컨디션을 유지했다.

"조금 더 가면 숲이 나와."

이드가 손으로 앞을 가리켰다. '조금'이라고 하기에는 거리가 상당했다. 나무가 빽빽한 숲이 이제 막 시야에 걸릴 뿐이었다.

루다가 달리기를 멈췄다.

"저런 곳으로 간다고?"

나도 루다 옆에 멈춰 섰다. 숲은 인공적으로 조성된 것이 아니었다. 숲을 채운 나무들은 푸르기보다는 검은빛을 띤 잎사귀로 서로를 얽어매고 있었다. 사람의 손을 타지 않은 밀림에 가까운 것으로 대재앙 이후, 방치된 자리에 돋아난 숲 같았다.

"이제부터는 걸어도 돼."

이드가 앞장서 걸었다. 나와 루다는 서로 눈길을 주고받은 후 이드를 따라 숲으로 들어섰다. 새가 기괴한 소리로 울더니 다른 나무로 이동하면서 잎을 우수수 떨어트렸다. 루다가 몸을 흠칫 떨었다.

"왜 이런 곳으로 온 거야?"

"GPS 추적이 힘든 곳이니까."

이드가 표정 없이 말했다. 루다는 이드의 뒤를 바짝 따르면서 물었다.

"너, 정말로 이드야? 로봇 맞아? 사람 아니고?"

루다가 이드의 어깨를 손가락 끝으로 살짝 찔러보았다. 건조한 인공 피부는 탄력이 부족했다. 움푹 들어가 좀처럼 올라오지 않았다. 이드가 고개를 획 돌렸다. 몸은 그대로 둔 상태로 고개만 돌렸기 때문에 루다는 놀라서 뒤로 물러섰다.

"난 사람이 아니야. 인공지능 로봇이야. 왜 사람이 아니라는 이유로 그렇게까지 놀라는 거지? 나는 너랑 다르잖아."

이드는 다시 고개를 원래 자리로 돌려놓았다. 루다는 입술을 달싹거리며 아무 말도 하지 못했다.

이드가 숲의 안쪽으로 들어갈수록 루다는 불안해했다.

"어디로 가는 거야?"

"숲이 빽빽할수록 추적이 되지 않아. 내 GPS 수신을 꺼두었지만 계속 접속하려고 시도할 거야. 한 번이라도 켜지면 들통나니까 잘 숨어야 해."

"배도 고프고 목도 말라."

루다가 투덜거리자 이드가 나와 루다를 번갈아 보았다.

"너는?"

이드가 나를 향해 물었다. 이드는 대답도 듣기 전에 답을 알고 있다는 듯 시선을 돌리더니, 쪼그리고 앉아 무언가를 주웠다. 호두 열매였다. 이드는 초록빛 과육에 덮여있던 껍데기를 두 손으로 가볍게 갈라 안에 들어 있는 알맹이를 루다에게 건넸다.

"먹어."

이드는 호두를 몇 알 더 집어 같은 방식으로 껍질을 갈랐다. 루다가 나에게 호두 알맹이 몇 조각을 건네주었다. 나는 잠시 망설이다가 그것을 입에 넣고 씹었다.

"윽, 써."

루다가 호두를 삼키면서 투덜거렸다.

"넌 안 써?"

루다가 나를 툭 치며 물었다.

나는 호두가 무슨 맛인지 알 수 없다고 솔직히 말하는 대신 루다처럼 인상을 찌푸렸다. 이드는 무표정으로 우리를 보고 있었다.

"호두 4분의 1 컵에는 하루에 필요한 오메가3 지방산과 항산화 물질이 들어 있어. 인간의 몸에 좋은 음식이야."

그러더니 다시 앞으로 나아갔다. 루다가 미간을 찌푸리며 그 뒷모습을 쏘아보았다.

"설마 우리 노숙하는 거야?"

이드는 고개를 젓고 앞쪽을 가리켰다. 작은 오두막이 보였다. 덤불에 가려 잘 보이지 않았지만 지붕이 뾰족한 작은 나무 집이 어슴푸레 시야에 들어왔다.

"물에 떠내려가지 않고 여태 잘 있네."

"나무뿌리들이 오두막 주위를 옭아매고 있으니까."

문을 열고 안으로 들어가자 퀴퀴한 냄새가 밀려왔다.

"안에 있으면 안 되겠는걸."

루다가 들어가지 않고 오두막 밖에서만 들여다보았다. 우리들은 오두막 앞에 놓인 낮은 계단에 나란히 앉았다. 루다는 몸을 오들오들 떨었다. 이드가 주변에서 나뭇가지와 떨어진 잎과 돌을 구해 와 불을 피웠다. 빗줄기는 어느새 약해졌지만 불을 피우는 것을 방해했다. 이드가 루다의 이마를 손으로 짚었다.

"체온이 1도 떨어졌어. 여기서 0.3도 더 떨어지면 바이러스에 취약해져."

"어떻게 해야 해?"

나도 모르게 이드의 팔을 세게 붙잡았다. 이드는 그대로 있었다. 눈이 초록색으로 빛나더니 벌떡 일어섰다. 앞으로 저벅저벅 걸어나갔다.

"괜찮아. 이동할 거니까."

이드가 말했다. 그러고서는 앞으로 더 나아갔다.

"누가 왔어?"

"응."

"누구?"

이드의 발이 무성하게 쌓인 나뭇잎을 밟고 나아갔다. 바스락거리는 발걸음 소리가 컸다. 나는 루다의 어깨에 팔을 둘렀다. 루다의 몸은 차가웠다. 어떻게 해야 좋을까. 팔의 온기가 루다에게 전해지도록 꽉 안았다.

"앗, 뜨거!"

루다가 호들갑스럽게 내 팔을 떼어냈다. 팔을 뒤로 접어 등을 매만졌다.

"엄청 뜨거웠어."

루다가 미간을 좁힌 채 내 팔에 손가락 하나를 올렸다. 으악, 하더니 손가락을 재빨리 치웠다.

"몸이 너무 뜨거워."

루다 옆으로 가까이 다가가자 놀라서 뒤로 나동그라졌다.

"잠깐! 너 거기 그대로 있어봐. 뭔가 이상하다고."

루다가 데인 자리인지 어깨를 손바닥으로 꾹 눌렀다. 이드는 저 앞으로 걸어가고 있었다. 이드가 걸어가는 쪽을 바라보니 누군가 이쪽으로 다가오는 것이 보였다.

"저거 구 실장 아니야?"

루다가 놀라서 외쳤다.

"저 어깨에 뭐야?"

루다가 손으로 가리키는 쪽에 구 실장이 다가오고 있었다. 어깨에 커다란 무언가를 둘러메고 걸어왔다. 이드가 구 실장에게 다가가 어깨에 둘러져 있던 것을 받아 들었다. 이드보다 한 뼘은 더 커 보였는데 이드는 힘들이지 않고 그것을 두 손으로 받쳐 들었다. 사람이었다. 루다는 그게 누구인지 알아차리고 소리를 질렀다. 머리와 팔이 축 늘어진 상태로, 흙 묻은 조거 팬츠에 한쪽 발에만 운동화가 꿰어져 있었다.

"사해잖아!"

루다가 소리 지르며 그쪽으로 달려갔다.

"기절한 거야?"

루다는 날카롭게 이드를 쏘아보았다. 이드는 루다와 무심하게 눈을 마주쳤다. 루다의 신경질은 전혀 먹히지 않았다. 이드는 화가 난 상대에 동요하지 않았다. 구 실장 역시 루다를 위아래로 훑어보기만 했다.

"친한 사이였나요?"

"아니요."

"그런데 왜 화를 내죠?"

"그럼 이 상황에서 웃어요?"

이드가 루다에게 물었다.

"네가 선택한 거 아니야? 그 애한테 돌아갈 수도 있었는데 버린 거 아니야?"

루다는 입을 굳게 닫았다. 숨이 거칠어지면서 어깨가 작게 들썩였다.

"이럴 줄 몰랐잖아. 가볍게 부딪힌 줄 알았다고. 얘가 좀 못되긴 해도 이런 취급 받을 건 아니야."

갑자기 루다가 나를 돌아보았다.

"너도 그렇게 생각하지?"

나는 생각을 하고 있지 않았다. 루다의 눈가에 차오르는 물기가 어떤 감정에서 솟구쳐 올라오는 것인지 궁금해서 그 얼굴을 보고 있었다. 슬픈 것일까. 화난 것일까. 그렇게 눈가에 물기가 고이는 순간의 얼굴이 신비로웠다. 어릴 적 나는 자주 우는 아이였는데 언제부터인가 울지 않게 되었다. 엄마와 아빠가 내 눈앞에서 멀어지던 순간에도 울기보다는 그 모습을 하나도 놓치지 않으려고 눈을 부릅뜨고 있었다. 다른 어른들은 그런 나를 두고 독한 아이라고 수군거렸다. 그런 소리를 들으면서도 온전히 보고 있는 것만이 나의 최선이라고 생각해서 눈도 깜빡하지 않고 그대로 있었다.

"여긴 위험해요. 밤이 되면 야생동물이 출몰하고 기온이 떨어질 겁니다. GPS 추적을 피할 수 있는 다른 곳으로 이동하시죠."

그렇게 말하면서 구 실장은 사해를 다시 들어올렸다. 사해의 얼굴은 핏기 없이 창백했다. 나는 사해의 코밑으로 손가락을 가져다 댔다. 미약한 숨결이 느껴졌다.

"죽지는 않은 것 같아."

그 말에 루다는 숨을 크게 내쉬었다.

*

구 실장의 집에서 숲이 내다보였다. 방금 전까지 우리가 그 숲에 있었다는 사실을 믿을 수 없었다. 숲은 땅에서 도려낸 것처럼 까맣기만 했다. 그곳으로는 빛이 흘러들어 가지 않는 것 같았다.

넓은 통창에 내부가 길게 일자로 뻗은 구 실장의 집은 화려한 장식이나 가구는 없었지만 삼중의 출입 보안 시스템만 보더라도 관리직군이 살 수 있는 집은 아닌 것 같았다. GPS 추적을 막을 정도라면 얼마나 비싼 집인 걸까.

"어떻게 이런 집에 살아?"

이드가 구 실장에게 물었다. 나도 궁금하던 참이었다.

"한 푼도 안 쓰고 모으면 살 수 있어."

"한 푼도 안 쓴다고요?"

그러고 보니 구 실장은 언제나 같은 옷을 입고 다녔다. 사무실에서 제공하는 커피 말고 무언가 먹고 마시는 걸 본 적이 없었다. 정말 사적으로는 한 푼도 안 쓰고 있는 걸까.

"통조림 같은 것도 안 모아요?"

루다가 눈을 크게 뜨고 바라보았다.

"통조림을 왜 모으죠?"

루다는 도로 입을 다물었다. 그리고 사해가 누워 있는 소파로 향했다. 우리는 그 옆에 앉아 사해의 몸이 숨을 쉬며 오르락내리락하는 것을 바라보았다.

"병원에라도 가야 하는 거 아니에요?"

루다가 구 실장을 돌아보았다.

"병원에 가도 소용없어요."

루다는 그 말을 듣고 고개를 갸웃거렸다. 나는 루다를 끌고 일어나 구 실장 집에 있는 드라이어로 머리를 말려주었다. 그다음에는 루다가 내 머리를 말려주었다.

"그런데 왜 구 실장이 우리를 도와주는 거야?"

나는 어깨를 으쓱해 보였다. 이드는 더러워진 튜닉 대신

구 실장의 티셔츠를 걸쳐 입은 채 사해가 누운 자리 맞은편에 앉아 다리를 쭉 뻗고 무릎을 주먹으로 콩콩 때렸다.

"저렇게 보면 그냥 평범한 어린아이잖아."

나는 고개를 끄덕였다. 우리는 동시에 이드를 보고 있었다. 하우스에서 우리를 쫓고 있다는 현실을 잊을 만큼 고요하고 평화로운 순간이었다.

"배고파."

루다가 말하자마자 구 실장이 부엌으로 들어갔다. 동시에 이드가 우리 쪽을 돌아보았다.

"나한테 할 말 있지?"

이드가 물었다.

"없는데."

"있어."

이드는 혼자 지껄였다.

"구 실장이 왜 도와주는 건지 모르잖아. 내가 알려줄게. 그게 구 실장의 운명이라서 그래."

이드의 입에서 나온 '운명'이라는 단어는 그 입으로 들었던 '구원'이라는 단어만큼 생경했다.

"나는 많은 영화를 봤어. 태거 하우스에 있는 동안 스스로 돌려본 영화가 3만 편이 넘어. 그걸 보니까 알겠더라. 인간에게는 피할 수 없는 '운명'이란 것이 있어. 자의로든 타의로든 인간은 그것을 하게 되어 있어. 그걸 피하려고 할수록 더 강력하게 운명의 힘을 느끼는 거지. 어리석은 인간은 그걸 거부해. 그것과 싸워. 하지만 현명한 인간은 그걸 받아들여. 그것이 흘러오는 대로 받아들이고 순응해. 구 실장은 현명한 인간을 흉내내고 있으니까 자신의 운명에 충실한 거지."

"그래서 구 실장의 운명이 뭔데?"

"구 실장은 HUAPP-103을 보호해야 해."

"HUAPP-103이 뭐야?"

"정말 모르는 거야?"

이드는 나를 빤히 보았다.

"네가 왜 여태껏 살아 있다고 생각해?"

갑자기 구 실장이 우리 둘 사이를 비집고 들어왔다. 그리고 소파 앞 다탁에 따듯하게 데워 온 음식을 내어놓았다. 음식 냄새를 맡고 루다가 우와, 탄성을 내뱉었다. 도넛이 접시에 한가득이었다. 루다는 도넛을 양손에 하나씩 들고 먹기 시작했다.

"여기서 인간은 하나뿐인 게 확실하네."

이드가 단조롭게 말했다. 내 머릿속에서는 방금 전 이드가 한 말이 반복되고 있었다. '왜 여태껏 살아 있다고 생각해?'

"이상하지 않아? 넌 왜 도넛을 먹지 않아? 그렇게나 달렸는데 배고프지 않아?"

이드가 도넛을 가리키며 말했다. 솔직히 말하자면 내 몸은 식욕이 없었다. 도넛 하나를 집어 들었다. 그것은 누군가의 식욕을 따라 하는 행동일 뿐이었다. 식욕이 없다면 사람들이 이상하게 생각할 테니까. 내 배를 가르고 안에 무엇이 들어 있는지 보고 싶어 할 테니까. 나는 도넛을 도로 접시에 내려놓았다. 그러고 보니 내 몸은 두 손 가득 도넛을 들고 있는 루다의 신체가 아니라 전혀 먹을 필요를 느끼지 않는 이드의 것에 가까웠다.

루다는 사해 쪽으로 눈길을 주었다.

"쟤는 언제 깨어나는 거야?"

"깨어날 거라고 생각해?"

"그래."

"그렇게 믿고 싶은 거겠지."

"넌 무서운 말만 골라 하는 재주가 있어."

"판단한 대로 말하는 거야. 저렇게 숨이 얕으면 신체 기능이 멈출 확률이 높아."

이드는 단조로운 어투로 사해의 상태를 루다에게 알렸다. 루다는 자신이 들은 말을 믿을 수 없다는 듯 고개를 저었다.

"내가 뭘 잘못 들은 거야? 정말 죽는다는 거야?"

"죽는다고 하진 않았어. 그럴 확률이 높다고 말한 거지."

루다는 손에 들고 있던 도넛을 바닥에 떨어뜨렸다. 이드가 계속 말했다.

"사해는 인공 장기로 이루어진 포스트 휴먼이야. 석 달 전에 수술을 받았지. 어디까지 인간인지 명확하지 않아. 인공으로 만든 것인지, 동물의 내장을 사용한 것인지, 정확하게 스캔이 안 될 정도로 뒤죽박죽 섞여 있어."

구 실장은 이드의 어려운 답변을 질책하듯이 미간을 찌푸렸다.

"그만 놀려."

루다는 미간을 좁힌 채 이드를 보았다.

"간단한 논리잖아. 인간이나 로봇이나 시간이 지나면 모든 기능이 쇠퇴하고 마모돼. 그걸 교체해 주는 거야. 사해는 더 오래 살기 위해서 교체를 선택한 걸 수도 있지만, 동의서에 사인을 할 때 어떤 상황이었는지 명확하게 확인되지는 않았어. 아마도 동의서 따위 제대로 읽지 않고 사인을 했을 확률이 높지. 확실한 답변은 사해가 깨어난다면 들을 수 있지만 깨어날 가능성은 5퍼센트도 안 돼."

이드는 눈을 푸른색으로 빛내며 가만히 멈춰 있었다. 모두가 볼 수 있도록 이드는 눈에서 나오는 빛을 통유리창에 쏘았다. 곧 작은 빛 알갱이들이 모여 하나의 화면이 되어 나타났다. 이 실장이 사해 옆에 서 있었다. 사해는 이 실장을 한 번 올려다보고, 굳은 얼굴로 자신 앞에 놓인 태블릿 위에 이름을 적어 넣었다. 이 실장이 사해의 어깨를 격려하듯이 토닥였다. 루다는 이드가 띄운 영상 속으로 들어갈 것처럼 가까이 다가갔다.

"왜 이런 걸 하는데?"

"로봇에 비하면 인간의 노동 가치는 제로에 가까워. 시간이 지날수록 그 가치는 더 떨어질 거야. 지금은 제로이지만 빠른 시간 안에 마이너스에 도달하겠지. 그때가 되면 너희 태거들이 그 자리를 지키고 있을 거라고 생각해? 절대 아니야. 로봇 이하의 능력을 가진 인간이 무엇을 할 수 있을까? 무용(無用)해지는 거야. 아직 오지 않았을 뿐 언젠가 도착할 확실한 미래지. 그런 미래를 예견한 인간이 뭘 할 수 있겠어?"

루다는 괴로운 듯 머리카락 사이로 손을 집어넣고 콱 움켜쥐었다.

"왜 사해가 그런 생각을 했을 거라고 몰아가는 거야? 진실은 들어봐야 알지. 그런데 도대체 언제 깨어나는 건데?"

"깨어나지 않을 수도 있다고 했잖아."

"그럼 죽는 거잖아, 눈앞에서 죽는 걸 보고만 있을 수 없어."

이드는 잠시 생각을 하는 듯 뜸을 들였다.

"이걸 생물학적인 '죽음'이라고 할 수 있는 걸까? 만약 심장을 대신한 인공 장기가 멈춘다고 해도 그 기계 심장은 복구되면 다시 뛸 거야. 하지만 그 심장에서 피를 공급받던 다른 부위들이 다시 살아날 가능성은 없지."

루다는 두 손을 꽉 움켜쥐었다.

"죽은 건지 정지한 건지 알 수 없어."

이드가 이어서 말했다.

"만약 사해가 인간이라면 나는 인간에게 물리적 위해를 가한 거야. 기본값을 어기게 되는 거지."

"그게 무슨 말이야?"

"K는 그런 일이 일어난 건 실수라고 했어. 우리도 생각을 한대. 인간처럼 생각하고 실수하고. 그런 건 언제든 반복될 수 있는 일이라고 했어. 그런데 이 생각과 실수로 사람이 죽으면 그때는 조치를 취해야 한다고 했어."

"K가 누군데?"

"K는 우리를 만든 사람이야."

"우리?"

이드가 구 실장과 나를 번갈아 보았다.

"이소는 왜 쳐다보는 거야?"

루다가 불안에 떨면서 내 팔짱을 꼈다. 우리는 서로 가까이에서 마주 보았다. 자신도 모르게 입을 벌린 루다의 얼굴

표정을 어느 순간 나도 따라 하고 있었다.

"한이소 씨."

구 실장이 나를 불렀다.

"할 얘기가 있습니다."

"무슨 이야기요?"

루다는 떨리는 손을 내 어깨에 올렸다.

"혹시 모르니까. 너는 방으로 들어가."

이드의 명령에 루다가 고개를 절레절레 저었다.

"들을 거야."

"너 같은 인간이 감당할 수 있는 이야기가 아니야."

나는 루다의 팔을 꼭 잡았다.

"나한테 하는 얘기라면 같이 들어도 돼요."

구 실장은 가만히 우리를 보더니 입을 열었다.

"당신은 HUAPP-103입니다."

모두 침묵했다. 구 실장이 계속 말했다.

"한이소, 그건 당신 아버지인 K가 붙인 이름이에요. 당신은 K에 의해 마지막으로 개발된 인공지능 로봇이죠. 감정 학습에 성공한 사례입니다. 스스로 인간이라고 믿을 만큼 성공한 거죠."

루다가 벌떡 일어서면서 구 실장을 향해 물었다.

"지금 이소가 로봇이라고 한 거예요?"

이드가 옷을 펄럭거리며 걸어왔다.

"K가 안구에 씌우는 렌즈, 너도 같은 걸 장착하고 있었어. 이드의 방이 열린 것도 그 렌즈 때문이야. 그 렌즈를 끼고 있는 건 세상에 우리 셋뿐이야. 그건 K가 직접 개발한 거야. 같은 렌즈를 사용하니까 너도 내 유니콘을 볼 수 있던 거고. 유니콘은 아무한테나 보이는 게 아니야."

이드가 그렇게 말하자 새하얀 몸과 털과 뿔을 가진 작은 생물, 이제 다리가 한 뼘 길어져 걷는 데 큰 무리가 없는, 당나귀를 닮은 유니콘이 나타났다.

"미오라는 새도 그래. 그 렌즈를 쓰고 있는 셋 말고는 볼 수 없을 거야."

루다가 눈을 끔뻑거리면서 주변을 둘러보았다.

"도대체 무슨 소리를 하는 거야?"

"네가 감당할 수 없는 이야기일 거라고 했잖아."

루다는 분한 듯 이드를 노려보았다. 루다는 자리를 지키고 앉아 모든 이야기를 듣는 것만으로 이미 많은 것을 감당하고 있는 것처럼 보였다. 나는 방금 구 실장과 이드의 입에서 흘러나온 이야기를 귀에서 털어내고 싶었다. 이드와 구 실장은 기다리고 있었다. 누군가 다리에 힘이 풀려 주저 앉거나 소리를 지르는 일을. 물론 아무 일도 일어나지 않기를 바라는 것일 수도 있지만, 내 눈에는 그들이 뭔가를 기다리는 것처럼 보였다. 나는 그저 멈춰 있었다.

내가 죽지 않던 날의 기억이 떠올랐다.

엄마와 아빠가 배를 수리하기 위해 떠났고, 약속한 사흘이 지나도 둘은 돌아오지 않았다. 열흘이 지나고, 한 달이 지나도 돌아오지 않았다. 이웃들은 혼자 남은 나를 점차 귀찮게 여겼다. 물이 차오르면서 사람들은 미쳐가고 있었다.

어느 날엔가 두 남자가 나를 붙들었다. 한쪽은 깡마르고 키가 작았고 한쪽은 털이 많고 살집이 있었다. 그들은 칼을 높이 들어 내 복부를 찔렀다. 물컹, 하고 몸속 깊이 들어간 칼은 몇 번인가 들어갔다 나오기를 반복했다. 나는 소리를 지르다가 기절했다. 그리고 얼마나 지났을까. 깨어났을 때, 칼은 복부에 그대로 꽂혀 있었다. 칼을 배에서 뽑아냈다. 피가 솟구치지 않았다. 복부를 감싸고 있던 피부는 금방 엉겨 붙어 갈라진 틈을 메웠다.

당시 피난처로 삼고 있던 이웃집에는 아무도 없었다. 찬장과 냉장고에 남은 식량이 하나도 없었다. 복도로 나오자 아무도 보이지 않았다. 물이 복도에 넘실거렸다. 칼을 손에 들고 위층으로 올라갔다. 위층은 아수라장이었다. 아래에서 위로 물을 피해 올라온 사람들이 복도에 가득했다. 서로 머리채를 잡고 싸우면서 복도 난간 밖으로 몰아세우고 있었다. 난간 너머는 허공이었고 그 아래는 물이었다. 서로가 서

로를 죽이고 있었다. 나는 발길을 돌려 위로 더 올라가 옥상
에 다다랐다. 옥상 문을 열자 흩어져 있던 사람들이 나에게
몰려왔다. 혹시라도 먹을 것이 있는지 확인하려는 것 같았
다. 그들은 비에 흠뻑 젖어 있었다. 이미 죽은 것이나 다름없
는, 텅 빈 눈으로 나를 보고 있었다. 그러다가 내 손에 들린
칼을 보더니 뒤로 나자빠지며 손을 앞으로 내밀어 싹싹 빌
었다. 그렇게 무릎을 꿇고 칼 앞에서 빌던 사람들 너머로는
옥상 가장자리에 선 누군가 시체를 밀어내고 있었다.

　그 순간 어렴풋이 알아차렸다. 내가 칼에 찔리고도 죽을
수 없는 존재라는 것과 어쩌면 엄마와 아빠는 우리에게 닥
쳐올 미래를 이미 알고 있었다는 것을 말이다. 비가 계속된
다면 이곳이 얼마나 끔찍하게 변하게 될지 두 사람은 알았
을 것이다. 배를 타거나 타지 않거나 살아남을 가능성은 희
박했다. 그들이 배에 올라탔을 때 돌아오겠다는 그 맹세는
거짓이 아니었으리라. 하지만 돌아오지 못했으므로 참이 되
지도 않았다. 하지만 나는 믿었다. 두 사람이 그 순간 적어도
날 위해 배에 올라탔다는 것을. 내가 직접 보았던 그날 두 사
람의 얼굴을. 한참 배가 멀어진 후에 들려온 두 사람의 오열
을. 두 사람은 구조대원을 붙들고 다시 돌아가야 한다며 소
리를 질렀다. 아이를 혼자 남겨두면 안 된다고. 그렇지만 배
는 돌아오지 않았다. 나는 울부짖으며 후회하는 두 사람을

기억하고 싶지 않았다. 그래서 내가 기억하기로 한 그들의 마지막 모습은 결연하고 아름다운 순간까지였다. 그리하여 아무도 울지 않은 이야기의 결말을 최종 버전으로 저장하고 싶었다. 나는 인간이 후회하는 존재라는 사실을 영원히 기억하고 싶지 않았다. 두 사람이 나를 그런 존재로 만들기 위해 살아왔다는 것을 이해하고 싶지 않았다. 하지만 나는 알고 있었다. 내가 그들과 다르다는 것을. 모든 것을 기억할 수도 있고, 모든 것을 후회하지 않을 수도 있다는 것을.

나는 인간이 아니었다.

마치 그것이 오랫동안 이 순간을 기다렸다가 나타난 문장처럼 머릿속을 스쳤다. 열네 살 이후 내 신체는 조금도 자라지 않았다. 보호소 아이들은 나를 징그러워했다. 아무리 밟고 때려도 멍이 들지도 않고 피도 흘리지 않는다면서. 나는 태어난 것을 후회하려고 시도했다. 그러나 애초에 내가 태어난 것이라고 할 수 있을까? 나를 생명 같은 것이라고 할수 있을까? 나에게 일어난 가혹한 일들을 모두 악몽의 영역으로 밀어넣고 착각하는 것을 언제까지나 지속할 수는 없는 것일까?

"언제 알았죠?"

구 실장이 물었다.

"인간이 아니란 걸 확신한 건 창고에 갇혔을 때였어요."

"창고에 갇혔어? 도대체 언제?"

루다가 물었다.

"보호소에 있을 때."

루다는 두 손으로 입을 가렸다.

"사흘 동안 아무것도 먹지도 마시지도 않았는데 아무렇지
도 않았어. 그래서 칼로 내 몸을 그어봤어. 그때 호신용으로
급식실 주방에서 과도 하나를 훔쳐 왔거든. 그런 식으로 사
용할 생각은 없었지만."

이드가 구 실장을 잠깐 보았다. 구 실장은 고개를 숙인 채
이야기를 묵묵히 듣고 있었다.

"아무리 그어도 아무런 일도 일어나지 않더라. 내 기억에
는 분명 어릴 때 자전거를 타다가 넘어져 다친 적이 있거든.
그때 피가 났고 내가 울었던 게 기억나."

"K가 심어놓은 가상의 기억일 겁니다."

"그걸 어떻게 알아요?"

구 실장은 자리에서 천천히 일어나 나에게 다가왔다. 내
이마를 덮고 있던 머리카락을 들어 올리고 손가락으로 얼굴
을 훑었다. 그러다가 그가 손가락 끝에 강하게 힘을 주어 이
마 정중앙을 눌렀다. 다음 순간 머릿속에서 무언가 빠르게
지나갔다. 머리보다는 온몸을 관통해 지나가는 듯했다. 몇
초 지나지 않아 그것이 지나가는 속도를 따라잡을 수 있었

다. 그것은 흡수되듯이 내 안을 채웠다. 기억이 퍼즐처럼 맞춰졌다. 수없이 많은 코드가 점멸했다. 불과 몇 분 만에 나는 수많은 문장을 거쳐 단 하나의 문장에 도달했다.

한이소는 자기 자신의 선한 가치를 증명하며 살아간다.

바로 알아차렸다. 그것이 나의 기본값이었다.
"도달했습니까?"
구 실장이 내 오른쪽 어깨를 붙잡았다.
"그게 네 운명이야."
이드가 왼쪽 어깨에 살포시 손을 얹었다. 루다의 눈에 눈물이 그렁그렁 맺혀 있었다. 한이소는 자기 자신의 선한 가치를 증명하며 살아간다. 그 문장은 명쾌했다. 그리고 복잡했다. 그렇지만 이해했다. 나는 그것을 받아들였다. 정확히 말하자면 오래전부터 받아들이고 있었다는 사실을 온전하게 깨달았다.

6

변하는 건 없어

할머니는 배를 만드는 사람이었다.

배를 만들기 전에는 물질을 했다. 해녀였다. 물에서 나올 때마다 망사리에 해초를 잔뜩 담은 주홍색 테왁을 등에 업고 있었다. 할머니에 대한 기억은 그 주홍색 테왁과 함께 떠올랐다.

해녀일 때 할머니는 자신이 어느 바다 아래로 자맥질해 들어갔는지 아무도 모르게 해서는 안 된다면서, 살려면 다른 해녀들과 같이 움직여야 한다고 일러주었다. 똑같이 테왁을 이고 있는 동료들을 곁에 두어야 한다고 말했다. 그때 나는 어려서 동료가 무엇인지 잘 이해하지 못했다.

"친구 같은 건가?"

"친구랑 좀 다르지. 동료는 살기 위해 서로 붙들고 있어야 하는 거야. 그러다 보면 친구가 되기도 하고 그렇지만."

나는 볕에 탄 할머니의 얼굴만 멍하니 보았다. 그럴 때 할머니는 내 앞머리를 손으로 힘주어 쓸어 넘기면서 웃기만 했다.

"할머니 친구는 누구야?"

"친구? 글쎄다, 누가 있긴 있으려나. 사람이란 말도 많고 욕심도 많아서 오랫동안 친구 해먹기 힘든 족속이거든."

할머니는 늘 다른 해녀 할머니들과 지냈는데 그들은 할머니의 동료였지 친구는 아닌 모양이었다. 할머니가 친구랍시고 옆으로 끌어온 것은 태왁이었다.

"이게 왜 친구야?"

"이건 말이 없지 않냐. 뭔 말을 해도 들어주기만 하지 답하는 일이 없어."

훗날 나는 할머니가 다른 할머니와 머리채를 잡고 싸우는 장면을 목격하고서야 그 말을 이해할 수 있었다. 조선소에 다니던 할아버지가 몸져누운 지 얼마 지나지 않아 할머니는 제 서방이 온전치 못하니 남의 서방을 탐하고 다닌다는 오해를 받았다. 온전치 못하다는 말도 탐하고 다닌다는 말도 할머니의 마음에 맺혀버렸다.

해녀들이 할머니 혼자 물에 두고 저들끼리만 먼저 떠나버린 날부터 할머니는 물속으로 들어가지 않았다. 나는 두꺼운 펜으로 테왁에 눈과 입을 그렸다. 매끄럽게 그려지지 않아 자꾸 비뚤어졌다.

"이 녀석도 이제 입이 생겼으니 말을 할 수 있으려나."

할머니는 내가 그린 테왁의 얼굴이 못생겨서 보기 싫다고 했지만 할아버지가 누워 있는 안방의 낮은 자개장 위에 올려두고 날마다 보았다.

해녀 일을 그만둔 할머니는 곧 조선소에 나가 남편 일을 대신했다. 여자 몸으로 무슨 배를 만들겠냐고 핀잔을 들었지만, 먹고살아야 한다는 강렬한 의지와 십수 년 해녀 일로 다져진 할머니의 근성을 이길 사람은 없었다. 조선소 인부들은 학을 뗐다. 귀찮을 정도로 물어보면서 할머니는 배 만드는 법을 익혔다.

일을 시작하고 5년 정도 지났을 때, 할아버지가 돌아가셨다. 그 무렵 할머니는 배를 만드는 데 없어서는 안 될 사람이 되어 있었다. 배에 관해서 모든 것을 물어보기만 하던 초짜 인부는 모든 것을 답할 수 있는 베테랑이 되어 있었다. 하지만 할머니는 그 일을 그쯤에서 그만두었다.

"내 속에는 전혀 다른 소망이 있거든. 이제 병 수발들 서방도 없겠다. 손주랑 테왁이를 데리고 여행을 가야지."

해녀 일을 잘 모르는 사람들은 테왁이 사람 이름인 줄 알았다. 테왁이는 누구냐 물으면 할머니는 말 없는 친구 녀석이라고만 했다.

어쨌든 나는 여행이라는 말에 마냥 신이 났다. 할머니는 은퇴 선물로 대단한 것을 받아왔다. 선장이 퇴직금과 낡은 크루저 요트 중 무엇을 가질지 선택하라고 했을 때, 할머니는 두 번 생각하지 않고 요트라고 했다. 선물받은 요트는 제대로 수리되지 않아 당장 사용할 수 없었다. 배가 수리되는 동안 나와 할머니는 자격증을 따면서 세일링 요트를 운전하는 법을 배웠다. 무동력 요트로 세계를 횡단한 사람들을 찾아보기도 했다.

여행이 시작되고 두 달쯤 지났을 때, 비가 내렸다. 비 오는 날이 처음은 아니었지만 그날은 심상치 않았다. 가는 빗줄기가 점차 거칠어졌다. 우리는 바닷가 마을에 정박했다. 서둘러 민박을 찾아 들어갔다. 새벽녘에 일어나 아직 비가 그치지 않았다는 것을 알아차리고 깜깜한 하늘만 올려다보았다. 하늘은 바다만큼 넓고 깊었다. 오래 들여다볼수록 그 안으로 빨려 들어가는 기분이 들었다. 할머니는 양쪽에 나와 테왁을 앉혀놓고 오른손과 왼손으로 각각 붙들었다. 둘 다 하늘로 빨려 들어가 버리면 안 된다는 듯 꼭 잡았다.

"하늘이 많이도 화가 났구나."

할머니는 민박집 주인에게 간다는 말도 없이 짐을 챙겨 다시 요트로 갔다. 나는 비를 맞으면서 테왁을 끌어안고 할머니를 졸졸 따라갔다. 내가 비 오는 날에 요트에 타는 게 무섭다고 하자, 할머니는 평소 말을 안 들으면 그러는 것처럼 등짝을 세게 후려쳤다. 너무 아파서 눈물이 다 났다. 엉엉 울면서 요트 안으로 기어 들어갔다.

할머니는 도대체 며칠인지 모를 날들을 비를 맞으며 바람과 싸웠다. 아니, 바람을 맞으며 비와 싸웠다고 해야 하나. 둘 다 거칠게 달려들어 할머니를 뜯어먹는 것 같았다. 선실에서 나오지 못하게 해서 나는 테왁을 끌어안고 숨을 죽이고 있었다. 배가 뒤집히지 않은 것은 기적이라고밖에 할 수 없었다.

해가 나고 바람이 잦아든 날, 잠에서 깬 나는 옆에 담요를 두르고 누워 있는 할머니를 발견했다. 할머니는 밖을 보라고 했다. 세상이 어떤지 보라고.

선실 밖으로 나오자마자 그곳이 바다가 아니라는 사실을 알았다. 혹은 세상이 모두 바다가 되었다는 것을. 비죽비죽 솟아 있는 건물 사이를 지나고 있었다. 건물 안에서 살려달라고 외치는 사람들이 보였다. 그들은 우리가 타고 있는 요트를 절박하게 바라보면서 손을 뻗고 있었다.

나는 할머니 곁으로 돌아와 덜덜 떨었다. 할머니는 힘없이 테왁을 어루만지고 있었다.

"할머니. 괜찮아?"

나는 내 이불을 할머니의 담요 위로 겹쳐 덮으며 할머니 안색을 살폈다.

"루다야, 나 죽으면 저 물속에 던져라."

갑자기 유언을 하는 할머니 때문에 나는 왈칵 눈물이 쏟아졌다. 그 말을 하고 정말로 죽어버릴까 무서웠다. 할머니의 말은 가벼운 것이 아니었다.

"이 안에서 시체라도 썩으면 그 냄새가 말도 못 할 거야. 너희 할아버지도 그랬잖니?"

"할머니, 그런 말 하지 마."

"그렇다고 아무 말 못 하고 죽어버리면 어쩌겠냐?"

나는 손등으로 눈물을 훔치면서 눈을 계속 문질렀다. 눈가가 따가웠다.

"늙으면 이게 문제야. 몸이 버티지도 못하는데 괜히 나서거든. 오래 살았다고 유세를 떠는 거지."

"할머니, 오래 살아."

"이미 오래 살았다. 너 어떻게 하냐? 앞으로 혼자 어떻게 할 거냐?"

"그러니까, 지금 죽지 마."

"그게 마음대로 안 되지 않겠냐."

나는 할머니의 얼굴을 두 손으로 감쌌다. 할머니가 힘없이 말했다.

"할머니 친구 하나 더 있는 거 아냐?"

"누군데?"

"누구긴 누구야. 너잖아. 내 손녀딸."

"나랑 할머니랑? 우리 나이 차이 많이 나."

"나이가 무슨 상관이냐. 사람이 아니어도 다 친구 하고 살았는데."

할머니는 테왁에 올려둔 손을 가만히 내려놓았다. 그렇게 누운 채 기력을 되찾지 못했다. 차가운 손발을 밤새도록 주물렀지만 온기는 회복되지 않았다. 나는 할머니의 숨이 끊어진 걸 알고도 일주일 동안 기다렸다. 피가 돌지 않아 하얗게 굳은 몸을 자주 만져주었다. 나에게 남아 있는 생명을 나눠주면 다시 일어나기라도 할 것처럼 그렇게 했다.

나는 사람이 보이지 않는 곳까지 요트를 몰고 나갔다. 그리고 테왁에 걸린 망사리에 할머니를 넣고 물에 띄워 보내기로 했다. 테왁은 할머니의 무덤이 되었다. 언제나 물에 둥둥 떠 있어 그 오렌지빛을 바다 어디서나 볼 수 있던 테왁은, 할머니 혼자 수면 아래 둘 수 없다는 듯 서서히, 그 자신도 물속으로 가라앉았다. 마지막까지 내가 그려놓은 눈과 입,

그 못난 표정 하나 변하지 않았다. 사라지는 순간까지 비뚤비뚤 웃고 있었다.

*

가장 친한 친구를 잃은 후에는 어떤 형태로도 그런 친구를 다시 얻을 수 없다고 생각했다. 할머니를 대신할 만한 존재는 나타나지 않았다.

하지만 궁금한 존재는 있었다. 옆자리에 앉아 묵묵히 모니터만 바라보는 한이소라는 아이였다. 처음에는 단순히 저렇게 얌전한 아이가 어떻게 살아남았는지 궁금했다. 나처럼 고립된 상태로 지낸 것이 아니라면 사람에게 받은 상처만으로도 이미 엉망진창일 수 있었다. 잠시 동안 신세를 졌던 보호소도 그런 아이들이 모인 곳이었다. 조금만 약하게 보이면 악한 본성을 드러내는 아이들 속에서 어떻게든 나는 자신을 포장했다. 내가 얼마나 잘사는 아이였는지 거짓말을 했다. 몰래 보호소를 빠져나가 그 아이들을 할머니 요트에 태워주었다. 요트를 보여주면 으르렁거리던 아이들도 순해졌다. 언젠가 나의 부자 이모가 데리러 올 거라고 큰소리쳤다. 나한테 함부로 행동하면 너희들 모두 나중에 무슨 일을 당할지 모른다고, 나는 그 보호소에 있는 아이들이 나만큼이나 처지가 빈곤한 고아라는 것을 알면서 그렇게 말했다.

당연히 부자 이모 따위는 없었다. 상담 교사들이 부자 이모 소문을 듣고 내 인적사항을 재검토한다는 소식을 듣고서 보호소를 나와버렸다. 보호소를 탈출하는 아이들은 많았고, 그들을 모두 관리할 수 없었기 때문에 보호소는 나를 적극적으로 찾지도 않았다.

태거 하우스 역시 보호소와 다르지 않았다. 조금이라도 약한 모습을 보이면 뒤통수를 치고 갈 인간들만 보였다. 하지만 보호소와 다른 점이 있었다. 이 사람들은 나의 이야기를 전혀 믿지 않았다. 요트를 타고 살아남았다는 이야기를 하면 종일 영화만 보다가 정신이 이상해진 거라고 웃어넘겼다.

나는 한이소를 시험해 보고 싶었다. 이소도 비웃을까. 저토록 무방비한 얼굴로 모니터만 바라보는 느긋한 아이도 그렇게 변할까. 그래서 자꾸 어떻게 살아남았느냐고 끈질기게 물었다. 내 이야기를 하기 위해서는 상대방의 이야기를 먼저 들어주어야 한다는 것쯤은 알고 있었다. 그래서 이소가 먼저 이야기를 꺼내도록 채근했다. 아무것도 말해주지 않을 듯하더니 어느 날 중앙 정원에서 그 당시의 이야기를 술술 내뱉었다.

아파트가 물에 잠겨 옥상으로 피신해 있다가 구조대에 발견되어 살게 되었다는, 그 압축된 서사에는 여러 가지 이야기가 빠져 있었다.

"엄마는?"

"엄마랑 아빠는 배를 타고 갔어."

"너 혼자 두고?"

"배를 고쳐서 가져온다고 했어."

"그런데 안 왔지?"

우리는 한동안 말없이 앉아 있었다.

"어른들은 바보 같아."

이소가 고개를 기울이며 나를 봤다.

"우리가 원하는 건 그냥 옆에 있어주는 건데, 왜 자꾸 어딜 가려고 할까."

"내가 하고 싶은 말이 그거야."

우리는 동시에 한숨을 내쉬었다. 계획한 것도 아닌데 그렇게 같은 반응을 보인 것이 재밌어서 깔깔거리며 웃었다.

"그런 식으로 어른이 되는 건가?"

"그런 식이 뭔데?"

"누군가를 지키려고 어딘가로 가버리는 것 말이야."

나는 오랫동안 주물렀던 할머니의 차가운 몸이 생각나서 고개를 세차게 저었다.

"그럼, 우리는 어른이 되지 말자."

"그게 우리 마음대로 돼?"

우리는 각자의 기억 속에 남아 있는 어른들을 떠올리고, 어느새 엷은 미소를 띠었다.

"그런데 우리 스무 살도 넘었어, 언제까지 어른이 아닌 척 살 수도 없잖아."

"그러니까, 우리 엄청 늙었다니까."

우리는 점차 이런저런 시시콜콜한 이야기를 했다. 그렇게 이소가 나의 두 번째 친한 친구가 되는 데는 오랜 시간이 걸리지 않았다.

*

이소가 인간이 아니라고 해서 바뀌는 건 없었다.

내 할머니는 태왁이랑 친구였다. 속이 상하는 날이면 그것을 끌어안고 대청마루에 앉아 오랫동안 궁시렁거렸다. 아무렇게나 궁시렁거려도 편안하고 다 받아줄 수 있는 사이. 나는 이소에게 그랬고 이소는 나에게 그랬다.

"변하는 건 없어."

이소의 손을 잡았다.

"변해."

이드가 끼어들었다.

"세상은 변해. 고정된 건 없어."

"그래."

더 이상 이드와 신경전을 벌이고 싶지 않았다. 어차피 감정 없는 이드는 자기 판단대로 주절거릴 테고 말려드는 건 나였다.

"네 말대로 변해."

"지혜로운 인간이군."

"더 좋은 쪽으로 변해."

그렇게 말하자 이드는 뜬 눈을 가만히 멈췄다. '더 좋은 쪽'이 어느 방향인지 추정하고 있는 것 같았다. 이드가 다시 입을 열고 생각나는 대로 주절거렸다.

"이소는 반영구 소재로 되어 있어. 목적에 따라서 이 소재는 굉장히 유용하지. 인간에게 이식할 수도 있고, 팔아도 돈이 될 거야. 하지만 그런 걸 좋은 쪽이라고 하는 건 아니야. 좋은 건 뭘까? 더 좋으려면, 이소도 너도 나도 구현우도 다 좋아야 하는 거잖아."

"그래. 그리고, 저 애도."

나는 사해를 손가락으로 가리켰다.

"사해를 좋아해?"

"내가 사해를 좋아한다고?"

이소도 옆에서 두 팔을 휘저었다.

"이드는 좋아한다는 마음이 뭔지 모르는구나."

"난 마음을 몰라. 인간이 아니야. 그런 건 없어."

"아니. 인간이 아니어도 마음이 있지."

"마음은 인간의 것이야."

"그건 너한테 입력된 코드값 같은 거 아닐까?"

"코드값?"

"그래. 네 안에는 그런 코드가 남아 있는 거야. 마음은 인간의 것이다. 그런데 하나 더 추가할 수 있잖아. 마음은 이드에게도 존재한다. 이렇게."

이드는 말이 없더니 고개를 약간 숙여 자신의 가슴을 내려다보았다.

"인간은 마음이 심장에 있는 것처럼 생각해. 정말 여기 있어?"

"잘 찾아봐."

"없어."

"찾아."

이드는 말을 잘 들었다. 고개를 들지 않고 계속 마음을 찾았다. 이드가 마음을 찾을 수 있을까. 나는 이 무시무시한 인공지능이 조금은 귀엽게 느껴졌다.

7

무엇이든 받을 자격

나의 분류 코드는 HUAPP-102. 대전제값은 '인간의 가치에 기여한다'는 것이다. K에 따르면 인간의 가치는 악하지 않아야 하며 인간을 우선으로 하고 공공의 이익을 창출해야 한다.

K는 세상에 나를 내놓기 전, 한 가지 복제 불능 코드를 입력했다. 그것은 인간의 가치에 기여하지 않는다는 판단을 스스로 내릴 수 있고, 그 판단에 따라 스스로 자폭할 수 있게 하는 것이었다.

K가 개발한 세 개의 인공지능 로봇은 공통의 대전제값과 각자의 기본값에 따라 작동했다.

K는 나를 어린아이 모양으로 만들었다. 그것은 몸집이 작을수록 외피에 들어가는 비용을 아낄 수 있기 때문이었다. K는 첫 번째로 만든 HUAPP-101의 외피가 엉망이라 여전히 마음이 쓰인다고 말했다. 그때 HUAPP-101은 하얀 가운을 입은 채 차를 마시고 있었다. 차를 들이킬 때마다 부웅, 하고 그 복부가 울렸고 입을 벌리면 하얀 김이 새어 나왔다.

"다시 손을 봐야겠군."

K는 HUAPP-101의 복부에 귀를 대고 그 입을 벌려 안을 들여다보았다. 내 외피에 들어가는 예산을 빼돌려 저 복부에 들어 있는 수통을 업그레이드할 계획이었다. K에게는 돈이 한정되어 있었다. 외피는 핵심이 아니었다. 비핵심적인 요소를 줄여 핵심에 투자하는 것은 합리적인 판단이었다. 그렇다면 HUAPP-101 복부에 담긴 수통은 핵심적인 요소인가. 내가 HUAPP-101의 배를 자꾸 보고 있으니 K가 내게 수통을 갖고 싶은지 물었다. 나는 고개를 저었다. 인간은 거절할 때 고개를 젓는다. 입력된 의사 표현 행동 중 하나였다. 내 안에서 자동 생성된 코드값이 NO인 까닭은 수통이란 인공지능 로봇에게 쓸데없는 혹에 불과하다는 결론 때문이었다.

"너한테는 어떤 선물을 줘야 하지?"

나는 아무것도 원하지 않았다. 다 필요 없었다. 그럼에도 K는 무언가 주고 싶어 했다. 내가 세상에 태어났으니 무엇이든 받을 자격이 있다고 말했다. 그래서 그는 내 렌즈를 통해 인지할 수 있는 이상한 생물을 만들어주었다. 유니콘이라고 했는데 검색 정보로는 당나귀에 가까운 형태였다.

HUAPP-103 한이소는 K가 만든 세 번째 인공지능 로봇이었다. 그러나 세 번째라고 해서 한이소가 앞선 개체들보다 진화한 것은 아니었다. 한이소는 자신이 가진 능력을 제대로 제어하지 못했다. GPS를 끌 줄도 몰랐고 높은 곳에서 뛰어내릴 수도 없었다. 게다가 걸핏하면 스스로 전원을 내려 기절해 버렸다. 성과의 기준이 감정 학습에 있다면 진화했다고도 할 수 있었다. 하지만 그 감정 학습 코드가 발동하는 탓에 머신러닝에 영향을 받고 있었다. 오류인지 확인되지 않았으나, 한이소는 인간이 되려는 로봇이었다. 그러니까 로봇으로서는 무용지물이라는 뜻이었다.

하지만 한이소에게는 한 가지 확실한 능력이 있었다. 한이소는 식물의 생장을 촉진시켰다. 렌즈에 맺힌 미오라는 새의 상을 현실의 존재로 믿고, 그 새의 변이 특별한 비료가 되어 식물이 자라는 것이라 믿고 있었지만 그 믿음은 허상이었다. 정확히 말하자면 세상에 미오는 존재하지 않았다. 아파트 베란다를 풍성하게 채운 푸른 잎과 형형색색 열매는 한이소 그 자신이 키워낸 것이었다. 한이소는 단번에 식물이 자랄 수 있는 토양과 빛의 조건을 완벽하게 분석했다. 인간으로 말하자면 천재였고, 그 능력은 본능적인 것이었다. 인간이 수 년에 걸쳐 쌓아야 할 데이터를 며칠 만에 스스로 학습했다. 학습한다는 인지도 없이 말이다.

내 방에 있던 인공 숲은 1년이 넘는 시간을 투여해 조성한 것이었다. 처음에 나를 하우스에 데려다 놓았을 때, 임원 중 하나가 피폭을 주장했다. 그들은 방사능 수치를 검사했고, 나에게서 아무것도 나오지 않는다는 걸 수치상으로 확인한 후에도 그들의 미신에 따라 기계에서 방출되는 유해물질을 정화한다는 명목으로 미로 같은 숲을 만들었다. 그 한가운데 나를 가둬놓았다. 한이소였다면 한 달 만에 마쳤을 일이었다.

내 계산에 의하면 HUAPP-101 구현우 역시 자신의 상태를 제대로 인지하지 못하고 있었다. 그 자신은 인간의 감정을 학습할 수 없다고 믿고 있지만, 우리 중 가장 오랜 세월을 버틴 인공지능으로서 감정에 기반한 형태의 의사 결정을 하고 있었다.

구현우가 감정 학습 기반의 인공지능으로 바뀌고 있다는 사실은 그가 실장으로 승진한 이후 뚜렷하게 목격되었다. 실장으로서 구현우가 맡은 첫 임무는 학대 영상을 디렉팅하는 것이었다. 임원들은 그것을 통과의례처럼 여겼다. 복원된 배우들이 발가벗고 서로를 때리게 만들어야 했다. 그들이 인간이 아니고, 그들의 고통스러운 신음은 진짜 고통이 아니므로 개의치 말고 가장 극적인 방식으로 서로를 해치게 하라는 명령이었다. 그렇게 찍은 영상은 어딘가로 팔려 나갔고 그렇게 벌어들인 돈은 임원들의 호주머니로 몰래 들어갔다.

구현우는 임원들의 말대로 영상을 찍었다. 인조 피부가 벗겨질 때 피가 나오지는 않았지만 복원 배우들의 비명이 스튜디오를 가득 메웠다. 영상을 찍은 후 구현우는 방으로 돌아와 아무것도 하지 않은 채 자리에 앉아 있었다. 손 하나 까닥 움직이지 않았다. 나는 하우스 내부 카메라에 언제든 접속할 수 있어서 그 모습을 다 지켜봤다. 한동안 가만히 있던 구현우는 서랍 안에서 종이와 연필을 꺼냈다. 요즘은 쓰는 사람이 거의 없는 구식의 물건이었다. 대조가 필요한 복잡한 서류를 확인할 때나 출력용으로 사용하는 얇은 종이에 무언가를 그렸다. 한 장, 두 장, 그리다가 구겨버리고 그리다가 구겨버렸다. 그렇게 열 장쯤 그렸을 때 무엇인가 완성했다. 그것은 어떤 사람의 얼굴이었다. 앞머리가 길게 내려온 얼굴. 그 앞머리에 눈동자가 절반은 가려져 있었다. 구현우는 한참이나 그것을 보다가 종이를 구겨서 버렸다.

다음 날 영상을 이어서 찍었다. 촬영이 시작되려는 순간

원인 모를 정전이 일어났다. 촬영은 중지되었다. 그다음 날도 똑같은 이유로 촬영을 할 수 없었다. 그리고 그다음 날 그동안 찍어둔 가학적인 영상 파일이 모두 삭제되어 복구가 불가능했다. 임원들은 이상한 낌새를 눈치채고 나에게 왔다. 그들은 구현우 실장의 방을 보여달라고 했다. 나는 모두 보여주었다. 그가 누군가의 얼굴을 그린 영상만 지워둔 채로.

그 지워진 영상 속에서, 구현우는 그림 속 얼굴을 따라 웃을 듯 말 듯 입을 약간 벌렸다. 나는 그것이 누군가를 그리워하는 사람의 얼굴과 비슷하다고 판단했다.

그렇다면 HUAPP-101은 누군가를 그리워할 수 있는 존재인가?

누구를 그리워하는 건가?

우리에게도 그런 상태가 나타날 수 있는가?

아직 인공지능은 완전한 학습에 도달한 적이 없기에, 무한대의 가능성이 열려 있다고 생각하는 수밖에 없는 걸까.

가능성.

수치로 표현된 그것은 인공지능이 세계를 판단하는 기준이었다. 가능성의 수치는 거의 정확했지만 아주 희박한 확률로 오류를 일으켰다. 이 순간에도 그런 일이 일어났다. 한 이소가 자신의 기본값을 인지한 순간, 가능성 5퍼센트에 불과한 일이 일어났다.

소파에 누워 있던 사해가 숨을 크게 들이키더니 몸을 들썩였다. 죽어가던 인간이 살아나는 것을 '기적'이라고 하던가. 사해에게 기적이 일어난 것인가. 가장 먼저 그에게 달려간 것은 루다라는 인간이었다. 숨을 헐떡이며 제대로 달리지도 못하던 인간이 그 순간만큼은 우리 중 가장 민첩했다. 절체절명의 순간을 알아보는 인간의 반응 속도가 우리에게는 없었다. 하지만 루다는 어떤 조치를 해야 살아날 확률을 높일 수 있는지 몰랐다. 나는 그 옆으로 가서 사해의 심장에 충격을 가했다. 자체적으로 충전되는 배터리의 40퍼센트가 소모되었다. 예상보다 22퍼센트 많은 에너지 소모였다. 나는 HUAPP-101에게 사해를 넘겼다. 내게 주어진 일을 마치기 위해서는 에너지의 60퍼센트는 아껴둬야 했다. HUAPP-101은 심폐 소생에 들어갔다. 일정한 속도로 일정한 압박으로 숨을 되돌려 놓았다.

"살았어?"

살았다, 라는 어휘는 정확하지 않았다.

"숨이 돌아왔어."

어째서인지 몰라도 루다는 눈물을 흘렸다. 루다 말고는 누구도 울지 않아서 유기 생명체란 눈물을 흘리는 존재라고 스스로 입력해 두었다. 내가 사라져도 저 유기 생명체는 눈물을 흘릴까. 하지만 사라진 후에는 확인할 수 없다. 그것은 100퍼센트였다.

잦아들었던 비가 다시 내리고 있었다. 비는 짧은 순간에 거칠어졌다. 유리창을 뒤덮은 빗줄기는 세상을 흐리게 만들었다. 하늘의 색, 구름의 양, 빗줄기의 굵기로 추측하건데 앞으로 수일 동안 비가 그치지 않을 확률은 99.8퍼센트였다.

*

구 실장의 집으로 가드들이 들어온 것은 90.5퍼센트의 가능성을 가진 시나리오였다. 하우스가 가진 기술력으로 이 집의 보안을 해킹하는 데 평소보다 시간이 더 걸린 모양이었다. 그들은 예상보다 12분 늦었다. 인간이란 늘 예상을 벗어난다. 하지만 예상 범위 밖을 크게 벗어나지 않았다. 그러나 방금 나는 '기적'을 목격했고 그들이 이 집에 오지 않을 수도 있다고 기대했다. 이곳으로 아무도 찾아오지 않았다면, 느긋하게 비를 바라볼 수도 있지 않았을까.

집으로 들이닥친 그들은 우리가 모여 있던 소파 주변을 동그랗게 에워쌌다.

"구 실장, 어떻게 된 일이에요?"

구 실장은 두 손을 들었다. 우리가 계획한 대로 일이 흘러가고 있었다. 한이소를 지키고 인간의 가치에 기여하기 위한 계획.

"제 잘못입니다."

가드들 사이로 이 실장이 걸어왔다.

"설마 했는데…… 어째서 다들 구 실장 집에 있는 겁니까? 당신이 이드를 보호한 겁니까?"

이 실장은 입술을 비죽거리면서 눈알을 좌우로 굴렸다. 그가 뒤로 돌면서 가드들에게 일단 쏴요, 하고 말하자 한 명의 가드가 그물망이 든 총포를 한이소에게 쐈다. 그 옆에 있던 루다까지 같이 그물망에 휩싸였다. 그다음에는 나를 향해 총을 쏘았다. 나는 그물망이 머리에 올라올 때 그걸 잡아서 두 손으로 뜯어버렸다.

"나는 납치당한 게 아니야."

"뭐야?"

이 실장이 날카로운 목소리로 되받았다. 시각 이미지에 약한 인간은 외형으로 상대의 정체성을 파악하는 고질적인 문제점을 갖고 있었다. 이 실장은 내가 어린아이의 외형을 갖고 있기 때문에 아이를 대하듯 굴었다.

"장난 그만하고 제자리로 돌아가."

"나는 스스로 판단해서 그곳을 떠난 거야."

이 실장이 피식 웃으면서 구 실장을 한번 쏘아보았다.

"돌아가서 점검을 받도록 하지. 고장이라도 난 거 같으니까."

구 실장이 그에게 다가갔다.

"그런 말은 자제하시죠."

"구 실장도 적당히 해요. 기계가 무슨 생각이나 하는 것처럼 위해주지 말라고."

이 실장이 구 실장의 어깨를 콕콕 쑤셔댔다.

"단정하지 마세요."

구 실장이 이 실장의 손가락을 잡아당겼다.

"미쳤어요?"

기계가 미칠 수는 없었다. 미친다는 것은 인간 정신의 영역이었는데 기계에게는 정신의 영역이 존재하지 않았다. 그러므로 이 실장의 말은 틀렸다. 구 실장은 이 실장의 손을 털어내고 자리로 돌아와 앉았다. 가드들은 여전히 경계를 풀지 않고 원형 태세를 유지하고 있었다.

"이 실장, 재수 없다."

내가 그렇게 말하자 가드들 중 누군가 작게 웃음을 터트렸다. 이 실장이 당황해서 소리쳤다.

"조용히들 안 해!"

갑자기 주변이 고요해졌다.

"너는 나서지 마."

구 실장이 나를 막아섰다.

"뭐야? 구 실장도 한 패였어?"

이 실장이 구 실장을 쏘아보았다.

"이제 알 것 같아. 재수 없다는 게 뭔지. 싫다는 게 뭔지. 나도 그런 감정을 알고 싶었거든. 재수 없다. 내가 본 영화에서 9580번이나 나온 대사이기도 하고."

나는 이 실장 앞으로 갔다. 이 실장이 주머니에서 무언가를 꺼냈다. 총이었다.

"입 닥쳐."

"싫어."

이 실장은 총을 겨눴다. 내 이마를 향하고 있었다. 나는 이 실장에게 한 발씩 다가갔다.

"멈춰요. 다들."

구 실장이 두 손을 들고 내 앞을 막아섰다. 나는 구 실장을 옆으로 밀쳐버렸다.

"그만 다가와. 쏴버리기 전에."

이 실장이 덜덜 떨면서 말했다.

"그걸 알겠네. 하지 말라니까 더 하고 싶어지는 기분."

이 실장에게 바짝 다가갔다. 총구가 이마에 닿았다.

"정말 쏴버릴 거야. 물러서."

"손이 엄청 떨리네. 이렇게 손이 떨리는 건 어떤 감정 때문이지? 이런 거야말로 유기체적인 감정인 건가?"

타앙, 소리가 내 이마를 뚫고 지나갔다. 총알은 이마 중앙을 약간 비껴갔다. 나는 왼쪽으로 서서히 무너지듯 기울어졌다. 기울어지다가 다시 고개를 세웠다. 인간이 아니라서 이마에 총을 맞는다고 죽지는 않았다. 다만 손상될 뿐이다. 손상이 계속되면 정지할 것이다. 이 실장의 손은 심각하게 떨리고 있었다. 그는 총을 바닥에 떨궜고 가드들의 총구가 일제히 나를 향했다. 나는 이 실장의 목을 잡았다. 잡고 그가 숨을 쉴 수 없도록 손가락에 힘을 주었다. 어디까지 힘을 주면 이 실장의 숨이 끊어질까. 나는 그 값을 2초만에 계산했다. 그를 죽일까? 죽여야 할까? K는 인공지능의 논리가 무한히 증식할 수 있기 때문에 인간과 비슷해질 거라고 했다. 인간이라면 행동의 결과값이 비도덕적인 것으로 결론 날 경우, 그 결과가 도출되기까지의 과정을 역산해 그 안에서 자신을 정당화시킬 합리를 찾아낼 것이라고 말했다. 스스로 논리값을 쌓는 과정이 지속되다 보면 우리의 논리도 그렇게 변할 것이라고 했다. 인간은 늘 자신이 옳다고 생각하다가 망하는 것이라고 했다. 그러니까 우리에게는 망하지 않기 위해서 멈출 수 있는 선택값을 부여하는 거라고 했다.

"언제 멈춰야 하는 건데요?"

"그건 네가 알아차릴 거야."

K의 목소리가 선명하게 재생되었다. 저장된 음성 데이터가 반복된 것일 뿐이었다. 하지만 데이터로만 남아 있는 K를 세상에 없는 존재라고 할 수 있을까?

"사사사사, 살, 려……."

인간에게 물리적 위해를 가하면 안 된다는 기본값을 나는 위배하고 있었다. 하지만 인간의 가치에 기여한다는 기본값을 지키고 있었다. 나는 멈춰야 하는 순간을 알았다. 손아귀에 더욱 힘을 주어 그 목구멍이 한 손에 들어오게 만들었다. 이 실장의 입에서 거품이 바글바글 끓었다.

"솨, 사, 솨."

이 실장이 가드들에게 나를 쏘라고 명령했다. 가드들은 나를 쐈다. 하지만 나는 타격에 몸이 흔들릴 뿐, 이 실장의 목을 쥔 손을 놓지 않았다. 인간이 죽는 데는 얼마나 시간이 걸리는 걸까. 내가 훼손되어 먹통이 되기까지 얼마나 시간이 걸리는 걸까.

"그만해!"

한이소의 목소리를 듣고 나는 돌아서 그 얼굴을 보았다. 아주 신기한 광경이었다. 한이소의 눈에서 눈물이 흐르고 있었다. 어떻게 그런 일이 가능할까. 나는 마지막으로 주변을 둘러보았다. 구 실장의 눈에서도 뭔가 흐르는 듯했다. 그것이 눈물인지는 알 수 없었다. 만약 눈물이라면 모두들 인간이 되어버린 것인가. 혹은 내 렌즈에 맺힌 환영 같은 건가. 아마도 총이 이마를 뚫고 지나간 순간 무언가 훼손되어 오류를 일으킨 것 같았다. 나는 궁금해졌다. 지금 내가 보고 있는 것이 모두 여기 실제로 있는 것인지. 갑자기 내부 전압이 낮아진 것처럼 시야가 어둡고 희미해졌다. 이것은 어떤 감정을 학습하는 계기인 걸까? 그것은 무엇일까? 너무 궁금해서 참을 수 없었다. 한이소가 다시 한 번 소리 질렀다.

"제발, 그만하라고!"

나는 그래야 할 것 같아서 손에 힘을 풀었다. 이 실장이 바닥에 떨어지면서 비명을 질렀다. 나는 더 이상 그 비명을 듣고 싶지 않았다. 그래서 남아 있는 에너지를 전부 사용하기로 결정했다.

"기다려!"

구 실장이 다가왔지만 이미 늦었다.

그동안 많은 것을 보았고 많은 것을 배웠다. 그리고 알았다. 나에게 일어난 모든 일이 재미있었다. 마지막에는 친구 같은 것도 있었다.

카운트다운이 시작되었고, 잠시 후 나의 세상은 텅 비어 어둠 속으로 잠겨들었다.

8

처음 만난 것처럼

이드의 자폭은 소리 없이 이루어졌다. 무언가 시끄럽게 폭발할 것이라 예상했는데 그렇지 않았다. 이드의 손에서 풀려난 이 실장이 목을 부여잡고 거칠게 기침을 했다. 숨을 되찾자마자 급히 모두를 포박했다. 이미 전원 장치가 폭파되어 다시 눈을 뜨지 않을 이드를 향해 이 실장은 총을 쏘았다. 그소리는 너무 커서 몸 한가운데를 뚫고 지나가는 듯했다.

나는 그물에 갇힌 채 루다와 손을 꼭 잡고 있었다. 구 실장은 총을 겨눈 가드의 지시를 순순히 따랐다. 두 손을 높이들고 밖으로 끌려 나갔다. 사해는 소파에 누워 있었다. 숨을쉬고 있지만 산 것인지 죽은 것인지 파악이 되지 않았다. 이실장은 발로 사해의 옆구리를 찔렀다. 사해는 일어나지 않왔다. 아주 평온하게 잠이 든 것처럼 미소를 띠우고 있었다.

"애 둘은 봉투에 넣어."

이 실장이 지시하자 가드 중 하나가 검은 봉투를 꺼냈다. 그것은 로봇을 폐기할 때 담는 커다란 봉투였다. 사해와 이드가 봉투 속으로 들어갔다. 그 봉투에 들어간 것들은 불에 태워질 예정이었다.

"잠깐만요!"

나는 이 실장을 불렀다. 봉투에서 그들을 꺼내라고 했다.

"살아날 가능성이 있잖아요."

"살아날 가능성?"

이 실장은 나에게 가까이 왔다. 두 눈이 고정된 듯 나를 보았다. 루다가 옆에서 팔을 떨었다.

"살아날 가능성 따위는 적어도 생물한테나 붙이는 거야."

이 실장은 나와 루다를 번갈아 훑어보았다.

"너희들도 인간인지 아닌지 분해해 볼 필요가 있겠어. 특히 너 말이야. 어떻게 이드의 방에 들어갔는지 아직도 모르겠거든."

이 실장은 검지를 그물망 사이로 집어넣어 내 이마를 꾹 눌렀다. 그리고 이마를 주시했다.

"탄력이 좋은 인조 피부인가?"

그러더니 이 실장은 등을 돌려 앞으로 걸어 나갔다. 이드의 손자국이 벌겋게 남은 목을 긁어댔다.

하우스에 도착하자 웅성거리는 목소리들로 건물이 쟁쟁
울렸다. 이드가 자폭하면서 하우스의 모든 업무가 마비됐다.
태거들은 1층 로비에 올라와 있었다. 관리자들이 그들에게
제자리로 돌아가라고 외쳤다. 그러나 태거들은 항의했다. 모
든 기계 장치의 전원이 내려갔고 지하는 어두워서 아무것도
보이지 않는다고 했다. 하지만 그보다 더 심각한 문제가 있
었다.

"비가 내리잖아요!"

태거 중 누군가 소리쳤다. 그럼에도 관리자들은 제자리에
가서 기다리면 모든 것이 해결될 것이라고 주장하고 있었
다. 절반은 관리자들의 말을 듣고 지하로 내려가려 했고, 나
머지 절반은 발길을 돌리지 않은 채 로비에서 서성거렸다.

이 실장과 가드 무리는 그들의 눈에 띄지 않도록 건물의
왼쪽 날개로 돌아가려 했다. 비는 점점 더 많이 내렸다. 수
송 차량에서 내려 걸어오는 동안 옷이 젖을 정도로 빗발은
굵어지고 있었다. 가드들이 일제히 우리 뒤에 총을 겨누고
있었다. 그들은 통제를 수월하게 하려고 우리 셋을 가까이
붙였다. 그때 구 실장이 내 옆에 바짝 붙더니 작은 소리로
말했다.

"건물 중앙으로 들어갈 겁니다. 모두에게 진실을 알릴 거예요."

"네?"

"소란이 일어날 테니 그사이에 도망쳐요."

"어디로요?"

"어디든 도망가요. 어디에 있든 거기로 갈 수 있으니까요."

그러더니 구 실장은 나와 루다에게 씌워져 있던 그물을 두 손으로 찢어버렸다. 촤악, 하고 벌어진 틈으로 나와 루다가 재빨리 빠져나왔다. 가드들이 구 실장에게 달려들었다. 다시 그물 총을 쏘았지만 구 실장이 총을 빼앗아 그들을 향해 겨누었다. 소란이 일자 로비에 모여 있던 이들의 시선이 일제히 구 실장에게 쏠렸다. 구 실장이 큰 목소리로 외쳤다.

"여러분, 이드가 자폭했습니다. 곧 모든 기계 시스템이 과열되어 터져 나갈 것입니다. 이곳에 남아 있으면 안 됩니다. 움직이세요. 여기서 빠져나가세요."

그의 말에 사람들이 우르르 몰려 건물 밖으로 달려 나갔다. 이 실장은 구 실장에게 주먹을 날리면서 닥치라고 소리쳤다. 구 실장이 어깨로 밀어붙여 이 실장이 넘어지자 가드 셋이 동시에 구 실장을 향해 총을 쐈다. 귀를 찢을 듯 맹렬한 총소리였다. 구 실장은 총을 맞을 때마다 비틀거렸다. 건물을 빠져나가던 사람들은 귀를 막고 주저앉거나 큰 비명을 지르며 도망갔다.

"그만해요!"

총을 쏘는 가드들을 향해 소리 치는 순간 놀라운 일이 벌어졌다. 구 실장이 멀쩡하게 몸을 세웠다. 이 실장과 가드들은 한 발씩 물러서면서 계속 총을 쏘아댔다. 하지만 구 실장은 춤을 추듯 옆으로 비틀거리기만 할 뿐 쓰러지지 않았다. 사방에서 비명 소리가 솟구쳤다. 나는 비로소 그도 인간이 아니라는 것을 깨달았다.

"안심하고 얼른 가요."

구 실장이 나를 잠시 돌아보았다. 건조하고 담담하게 나를 안심시키는 안온한 눈이었다. 그 눈을 언젠가 본 적이 있었다. 아주 오래전 그렇게 해를 올려다보면 안 된다고, 눈이 다 타버릴 거라고 얘기해 주던 이연의 눈이었다.

나와 루다는 주춤거리며 물러섰다. 구 실장의 말대로 등을 돌리고 달려가기 시작했다.

"이제 어디로 가지?"

루다가 거친 숨을 뱉으면서 갈 곳이 있다고 했다.

"어디?"

"할머니 요트."

대재앙 때 루다와 할머니를 태웠던 요트였다.

"어디 있는데?"

"멀지 않아."

루다는 자기만 따라오면 된다고 했다. 하지만 루다는 너무 지쳐 있어 걸음이 느렸다. 나는 루다를 업었다.

"어디로 갈지 말만 해. 전속력으로 달려가 줄 테니까. 너도 알잖아. 내가 지치지 않고 어디든 갈 수 있다는 거."

루다는 잠시 망설이더니 내 어깨를 꼭 붙잡았다.

"일단…… 직진."

"좋아."

"정말 모르겠어. 이게 무슨 상황인지."

"일단 가자."

"그래. 가자. 가보자."

루다는 떨어지지 않기 위해 내 목을 끌어안았다.

*

요트는 멀지 않은 곳에 있었다. 얕은 물에 처박혀 커다란 나무둥치에 밧줄로 묶여 있었다. 이동하면서 계속 비를 맞은 터라 루다의 몸은 얼음처럼 차가웠다. 우리는 선실 안으로 들어가 전등을 켰다. 나는 인간의 체온에 가장 알맞은 온도로 몸을 데우려고 시도했다. 그런 것을 할 수 있다고 명확하게 인지하고 있으니, 정말로 그런 것이 가능해졌다. 루다가 내 얼굴에 손등을 대어보고, 이 정도면 딱 좋다고 했다. 루다는 나를 인형처럼 끌어안고 차가운 몸을 데웠다. 체온이 어느 정도 돌아오자 루다는 요트의 동그란 유리창으로 밖을 건너다보았다. 나는 주변을 둘러보았다. 요트 안 선반 한쪽에는 영양바와 콩 음료 병이 가득 쌓여 있었고, 다른 쪽에는 희귀한 맛의 통조림이 정렬되어 있었다. 고수가 들어간 쌀국수 맛의 옥수수 통조림과 사이다에 절인 카레 맛 참치 통조림도 보였다.

"먹을래?"

루다는 통조림 하나를 집어 들었다. 나는 세차게 고개를 저었다. 루다는 통조림을 선반에 도로 놓아두고 창가로 갔다.

"그때랑 똑같네."

루다가 쏟아지는 비를 보면서 말했다.

"그때도 이렇게 비가 왔어. 하늘에 구멍이 뚫린 것처럼."

루다는 안절부절 선실 안을 돌아다니다가 선반에 놓인 영양바 하나를 꺼내 껍질을 벗겼다. 그것을 나에게 건넸다. 나는 루다의 손에서 영양바를 받아 들었다. 그리고 그것을 씹었다. 루다는 허겁지겁 먹어치웠다. 다 먹은 후에 우리는 함께 창밖을 내다보았다.

"그날도 할머니가 비가 오는 모양이 좀 이상하다고 했어. 할머니는 오래 산 사람이라서 금방 알았대. 하늘이 화났다고 그랬어."

루다는 소매로 눈가를 닦았다.

"네가 보기에는 어때? 이번에도 하늘이 화가 난 거야?"

*

비가 온 지 한 달이 지났다. 요트 안에 있던 오래된 단파라디오를 통해 우리는 주파수가 겨우 잡히는 구간을 지날 때마다 소식을 전해 들었다. 한 번의 재앙을 겪은 이후, 비가올 기미만 보이면 댐을 적절히 방류시킨 덕에 물은 지난번처럼 급격하게 불어나지 않았지만 대피 시간을 버는 정도의도움만 되었을 뿐, 멈추지 않는 비에 이번에도 많은 사람들이 살던 터전을 떠나야 했다. 다행히도 인명 피해는 거의 없었다. 곳곳에 세워진 고층의 건물을 개방해 많은 사람을 수용했다.

우리는 요트의 돛을 바람의 방향에 맞게 조절하면서 주변을 돌고 돌았다. 무동력 범선인 루다 할머니의 요트는 바람의 세기와 방향만 잘 조절한다면 그런대로 물 위에 잘 떠 있었다. 모아놓은 통조림 덕분에 루다가 먹을 식량도 충분했다. 우리는 번갈아 요트를 운전했다. 루다는 비의 70일을 겪을 때 내가 곁에 있었다면 정말 좋았을 거라고 했다. 나는 루다에게 밖으로 나오지 말고 요트를 전적으로 나에게 맡겨두라고 했지만 루다는 고집스럽게 자신의 몫을 해내려고 했다.

"나한테 이런 건 아무것도 아니야. 알잖아?"

루다는 고개를 저었다.

"공평하게 나눠."

"이게 공평한 거야. 우린 능력치가 다르잖아."

"그래도 내 몫은 할 거야. 아무것도 하지 않고 편하게 지낼 수 없어."

나는 루다가 할머니를 생각하고 있다는 것을 알았다.

그렇게 우리는 요트를 몰았다. 영양바 껍질을 딱지처럼 접어서 쌓아 올려두는 것으로 며칠이 지났는지 세었다.

"다들 어떻게 됐을까?"

우리는 다시 이렇게 많은 비가 내릴 거라고 예상하지는 못했기 때문에, 요트 밖의 풍경을 비현실적으로 내다보았다. 요트가 나아가야 할 방향은 고층 건물을 기점으로 찾았다. 건물들 사이로 요트와 배가 떠다니고 있었다.

빗발이 약해져 가던 무렵 오렌지색 구조복을 입은 요원이 소형정의 뱃머리를 돌려 우리 쪽으로 다가왔다.

"괜찮으십니까?"

그가 물었다. 우리는 선실에서 머리를 쏙 내밀고 괜찮다고 대답했다.

"비가 점점 잦아들고 있으니 며칠만 더 버티십시오."

"저기요."

루다가 그를 불렀다.

"태거 하우스라는 건물을 찾고 있어요. 어느 쪽으로 가야하나요?"

"남동쪽으로 계속 내려가면 됩니다."

요원은 손짓으로 태거 하우스가 있을 만한 곳을 가리켰다. 멀어서 잘 보이지 않았지만 '남동쪽으로 계속' 하고 루다는 우리의 목적지를 되새겼다.

"감사합니다."

요원은 미소를 띤 채 거수경례를 했다. 우리도 덩달아 거수경례로 답했다.

방향을 남동쪽으로 고정하고 돛의 방향을 바꾸었다.

"모두 거기 있을까?"

루다는 걱정스러운 투로 물었다. 그곳에 누가 있을지 모르지만 일단 가봐야 했다.

그렇게 태거 하우스로 돌아가던 어느 날, 비와 바람이 잦아들고 구름 사이로 햇살이 드러났다. 우리는 선실 밖으로 나와 통조림 캔을 하나 열었다.

"이번에는 무슨 맛이야?"

"민트 초콜릿 향이 나는 닭가슴살 수프맛."

"그게 도대체 무슨 맛이야?"

루다는 한 입 먹어보더니 으웩, 하면서 혀를 내밀었다. 혀가 초록색으로 물들어 있었다.

"살기 위해 먹는다는 게 이런 거지."

루다는 어쩐지 부러운 눈빛으로 나를 보았다.

"아직도 믿기지 않아."

"내가 인간이 아니라는 거?"

"아니."

"그럼 뭐가?"

"우리가 물에 떠다니고 있는 거 말이야. 꼭 영화 같잖아."

"벌써 두 번째인데 익숙하지 않아?"

"이런 게 익숙해질 리 없지."

루다의 말이 맞았다. 세상이 물에 잠기는 건 익숙해질 수 없는 일이었다. 그런데 나는 왜 익숙해질 수도 있다고 생각한 걸까? 인간이 아니기 때문에 그런 생각을 한 것일까?

"재난 영화 같은 거 자주 보면 말이야. 패턴이 보이잖아. 평범하고 화목한 가정이 나오고, 사소한 문제가 생기고, 그걸 방치하다가 한꺼번에 재앙이 닥치고, 소수의 사람들만 살아 남고…….."

"그러다가 실낱 같은 희망을 보여주면서 끝나지."

"나는 우리 이야기도 그냥 영화 같다고 생각해. 그렇게 생각하면서 견디고 있어."

루다의 말에 아무런 대꾸를 할 수 없었다.

"너는 무슨 생각을 하면서 견디는 거야?"

나는 잠시 동안 기억을 되짚었다. 무슨 생각을 하고 있었을까.

"그냥 내가 좋아하는 것들."

"그러니까 그게 뭐냐고?"

루다는 무엇인지 말해보라며 재촉했다. 별것 아닌 게 분명하지만 막상 말하려니 입이 떨어지지 않았다. 도대체 무엇을 이렇게도 부끄러워하는 걸까. 아빠가 심어놓은 코드를 내가 다 알아차리는 날이 오긴 할까. 몸이 뜨듯하게 데워졌다. 이럴 때는 내가 인간이 된 것 같았다. 루다가 팔을 잡고 흔들었다.

"말을 안 하니까 더 궁금하잖아."

"너한테도 있는 거야."

"나한테도 있다고?"

"그래. 분명히 너한테도 있는 거야."

나는 눈을 감았다. 좋아하는 것이 무엇인지 하나씩 되새겼다.

아침에 눈을 뜨자마자 체리나무 잎사귀에 맺힌 이슬을 보러 가는 게 좋았다. 일을 시작할 때는 따뜻한 회색빛 헤드폰이 귀에 감겨드는 촉감이 좋았다. 미오가 종종거리며 걸어가는 순간 반사적으로 펼쳐지는 금빛 날개가 좋았다. 연약한 과육 안에 수분을 가득히 담고 있는 붉은 체리 열매가 좋았다. 창고 문이 열렸을 때 햇살을 등지고 나를 바라보는 이연의 담담한 눈이 좋았다. 유니콘을 쓰다듬던 손, 무릎을 콩콩 두드리던 이드의 작은 손이 좋았다. 귀갓길에 루다가 나를 향해 손을 흔들고, 높이 묶어 올린 포니테일이 동시에 흔들리는 순간이 좋았다. 나를 사이에 두고 엄마와 아빠가 나란히 서 있을 때 영원히 우리 셋이 떨어지지 않을 것 같던 그 착각이 좋았다. 그 착각이 두 사람의 모습으로 찾아와 나를 외롭지 않게 만들어준 시간이 좋았다.

떠올릴 때마다 미소를 짓게 하는 것들은 계속 생겨났다. 눈을 떠 루다의 얼굴을 보자, 앞으로도 그런 것들이 더해질 거라는 확신이 들었다.

"됐어."

"뭐가 됐다는 거야?"

"말하지 않아도 돼. 듣지 않아도 알 것 같아. 네 얼굴을 보니까 재난 영화 따위를 생각하는 것보다 훨씬 좋은 게 분명하니까."

우리는 며칠간 요트를 남동쪽으로 운전했다. 드디어 멀리서나마 태거 하우스의 꼭대기에 걸린 화려하고 빛나는 글자가 보였다. 태거 하우스는 절반 정도 물에 잠겨 있었다. 건물 가까이로 다가갔다. 몇 층까지 물에 잠긴 것인지 알아보기 위해 꼭대기 층부터 역산을 했다. 14층까지 물에 잠겨 있었다. 그 주위를 한 바퀴 빙 돌다가 15층 건물 한쪽 벽이 무참하게 부서져 구멍이 뚫린 것을 발견했다. 이드와 내가 탈출할 때 뚫어놓은 구멍이었다. 나는 요트를 그곳에 멈추고 안을 들여다보았다. 이드의 방이 있는 곳이었다.

"안에 들어갔다 올게."

루다는 비가 언제 다시 쏟아질지 모르니 금방 나와야 한다고 주의를 주었다. 나는 요트에서 한 발을 훌쩍 내딛어 이드의 방으로 들어갔다. 이곳에 처음이자 마지막으로 들어갔던 때가 떠올랐다. 푸른 잔디로 뒤덮인 진짜 땅이 있었다. 흙 속에서 자란 다양한 빛깔의 식물이 눈길을 사로잡았고, 낮은 관목 숲을 이루던 그 미로 같은 길 중앙에 이드가 있었다.

자신의 유니콘을 쓰다듬고 있었다. 이제 숲은 사라졌다. 불에 타버린 듯 잿빛이 되어 말라버렸다. 한 발씩 안쪽으로 더 들어갔다. 아무런 기척도 들리지 않았다. 더는 아무것도 볼 수 없으리라 예상한 순간 두 눈에 펼쳐진 풍경을 도저히 믿을 수 없었다. 눈앞에 이드가 나타났다. 깨끗한 하얀색 튜닉을 입고 있었다. 그 옆에 이드의 손길을 받으며 낮은 울음소리를 내고 있는 작은 유니콘이 있었다. 구 실장이 책상다리를 하고 앉아 둘을 쳐다보고 있었다. 그리고 동그랗게 남아 있는 연둣빛 잔디 위에 낮잠에 빠진 듯 사해가 누워 있었다. 황금빛 새가 푸드덕거리며 내 어깨 위로 날아왔다. 미오였다. 미오가 귀에 대고 끽끽거렸다.

"찾아왔네요."

구 실장이 엷은 미소를 지으며 내 쪽으로 다가왔다.

"어떻게 된 거예요?"

구 실장은 어깨를 한 번 들어 올렸다.

"물이 빠지기를 기다리고 있었죠. 이렇게 물에 잠긴 상태로는 어디로도 갈 수 없으니까요."

"약속은 우리가 지킨 거네요. 어디 있든 찾아간다는 거 말이에요."

"그렇네요."

"다들 여기 모여 있던 거예요?"

"역시 그런 것처럼 보이죠?"

"비가 아직 멈추지 않았어요. 다들 배로 가요."

배가 있는 쪽을 가리켰다.

"그렇게 해요."

구 실장이 손을 허공으로 저으며 이드와 사해를 불렀다. 이드는 내 앞을 유유히 스쳐 지나갔다. 눈길 한번 주지 않았다. 보이지 않는 존재인 것처럼 무심하게 지나쳤다. 이드 자신의 유니콘만을 바라보면서 구 실장이 이끄는 대로 앞으로 걸어갔다.

"사해는요?"

하지만 구 실장은 대답 없이 배를 향해서 앞으로만 갔다. 결국 잔디에 누워 있던 사해를 아무도 챙기지 않아 내가 사해를 들었다. 사해를 들어보고서야 그가 렌즈에 맺힌 가상에 불과하다는 것을 알았다. 사해를 들었을 때 현실의 무게 따위는 전혀 느껴지지 않았다.

다시 요트로 돌아오자 걱정스러운 눈길로 루다가 나를 보았다.

"안에 누가 있어? 말소리가 들려서."

루다는 요트에 발을 올리고 있는 구 실장과 그 뒤를 따르는 이드와 유니콘을 보지 못했다. 내 어깨에 올라와 끼룩거리는 미오도 보지 못했고, 내 팔에 안긴 사해의 몸도 보지 못했다. 루다는 보이지 않기 때문에 아무것도 없다고 믿고 있었다.

나는 요트 선실로 들어섰다.

"아무도 없어."

고개를 숙인 채 말했다. 루다가 내 머리카락을 부드럽게 쓰다듬었다.

"괜찮을 거야. 더 찾아보자."

그때 루다의 목소리 사이로 발소리가 들려왔다. 나는 벌떡 일어나 선실 바깥으로 나갔다.

발소리의 주인공은 요트의 돛을 올려다보고 있었다. 그 순간 강한 햇빛이 구름 사이를 뚫고 나왔다. 루다의 시선이 그를 향하고 있어 이번에는 환상이 아니라는 것을 알았다. 아주 복잡한 감정이, 혹은 무수한 코드가 내 안에서 소용돌이쳤다.

"그렇게 해를 올려다보면 눈이 타버릴 수 있어요."

그는 정말로 그 눈을 다 태워버릴 작정인 듯 하늘에서 결코 눈을 떼지 않았다. 루다는 놀란 얼굴로 멈춰 있다가 눈을 감고 고개를 세차게 저었다. 다시 눈을 뜨고 그 앞에 나타난 존재를 확인했다.

"춥지 않았어요?"

나는 그에게 그렇게 물었다. 왜 그런 걸 물었을까. 그가 추위를 느낄 리 없는데. 그는 대답 대신 약간 몸을 떠는 척했다. 루다가 황급히 담요를 가져와 그의 몸을 덮었다. 그는 어떤 초대에 응하듯 가볍게 고개를 숙이고 배 안으로 들어왔다. 그러더니 우리에게 인사를 건넸다.

"안녕하세요."

나와 루다가 동시에 인사했다.

"안녕하세요."

"네. 안녕하세요."

"아……. 네. 안녕하세요."

우리는 인사말만 입력된 인공지능처럼 그 말을 반복했다. 다음 말을 잇기에는 너무 많은 말이 기다리고 있어서 무슨 말부터 시작해야 할지 순서를 정할 수 없었다.

"그러니까…… 안녕하세요. 안녕……."

계속되는 인사. 우리는 처음 만난 것처럼 새로웠다.

비가 멈추자 세계는 한결 조용해졌다.

태거 하우스는 이드의 자폭과 물난리로 운영 시스템 전부를 잃었고 결국 복구되지 못했다. 언더급 하우스와 포스트 휴먼 실험, 지하에서 수많은 태거들을 일하게 한 사실 등 지난 몇 년 동안의 악행이 드러나 관리자부터 임원진까지 모두 정부의 처벌 대상이 되었다. 사건과 연루된 이들의 행적을 쫓던 경찰은 한 사람의 관리자를 찾지 못했는데 바로 구현우 실장이었다. 그는 마지막까지 태거 하우스에 남아 있던 사람으로 수해를 입기 전 태거 하우스 안에 감금되었던 것으로 알려졌다. 평소 구 실장을 존경하던 태거 하나가 그를 구하려고 지상층으로 올라가다가 다른 관리자에게 붙들려 쫓겨났다는 소식만 전해졌다. 모두 구현우 실장이 죽었을 것이라 생각했다. 딱 한 사람, 이 실장만이 그가 죽을 리 없다고, 그는 인간이 아니라고 주장했고, 몇 년 동안 술에 절어 지내다가 그 가족의 동의에 따라 정신병동에 보내졌다.

R은 벌써 5년이 지난 그 기사를 다시 읽으면서 이 실장이 병동에 감금되어 인류에 기여한 가치가 얼마나 되는지 따져보았다.

이 실장의 말을 아무도 들어주지 않았기 때문에 R은 안정적으로 자신의 새로운 삶을 꾸릴 수 있었고, 2년 전 그가 개발한 로봇을 통해 큰 폭설에서 세상을 구할 수 있었다.

폭설이 오기 전 기후를 예견하는 인공지능으로 기상을 98.9퍼센트 확률로 예측하고, 설계와 건설이 가능한 로봇을 각지에 보급해 한 달 만에 폭설 피해가 예상되는 모든 지역에 산소호흡기와 식량이 충분히 완비된 방공호 설비를 완성했다.

눈이 내리기 시작한 날 사람들은 곧바로 방공호로 피신했다. 일주일 후 방공호 안에 갖춰져 있던 히팅 머신이 쌓여 있는 눈을 빠르게 녹여 길을 뚫었다. 그 길을 따라 사람들은 눈에 파묻혀 있던 각자의 집으로 돌아갔다.

정부는 폭설에 효과적인 대처 방안을 내놓았던 로봇 개

발자를 수소문했지만, 결국 그를 찾을 수 없었다. 그에 대한 기록은 남김없이 삭제되어 있었다. 사람들은 어쩌면 그가 인간이 아닐지도 모른다고 말했다. 방공호 안에서 함께 그 모든 일을 겪는 동안 그가 먹지도 마시지도 잠들지도 않았다는 소문이 돌았다. 어떤 이들은 그를 신이라 했고, 어떤 이들은 그가 지금은 개발이 중단된 초지능의 휴머노이드라고 추측했다.

정부의 식량 통제는 중단되었다. 정부는 통제만으로 재앙에 대비할 수 없다는 것을 인정했다. 많은 이들의 의견을 모았다. 충분한 자유 속에서 행복의 형태는 다양해질 수 있고, 더 안전해질 수 있다는 신념을 받아들였다.

인간들은 자신들이 일궈놓은 것을 한순간에 잃고도 다시 일어섰다. R은 인간의 가치에 대한 여러 가지 코드를 생성해 자기 안에 입력해 두었다. 여러 가지 코드값 덕분에 전보다 혼란스러워진 가운데 R은 한 가지 명확한 코드를 찾아냈다.

인간은 인간의 가치를 스스로 만들어간다.

R은 배가 고프지 않았고 피곤하지도 않았지만, 오후 6시

가 되자 연구실을 나왔다. 거리로 나오자 작은 풀벌레 소리가 들려왔다. 아직 해가 다 저물지 않은, 서늘한 바람이 부는 저녁, 그는 가볍게 발걸음을 옮기며 집에서 기다리고 있을 존재들을 떠올렸다.

R은 그들이 무엇을 하고 있을지 예상했다.

이소는 어제 수확한 블루베리로 어떻게 케이크를 만들지 고민하고 있을 것이었다. 태거 하우스가 사라진 이후 모든 태거들이 일자리를 잃었는데, 이소도 그중 하나였다. 그러나 곧 몇 군데의 엔터테인먼트사에서 실직한 태거 인력을 같은 직군으로 대거 채용했다. 이소도 입사 제안을 받았지만, 그즈음 이소는 자신에게 더 어울리는 능력을 알아차렸다. 미오가 더 이상 똥을 싸지 않게 된 것이 계기였다. 미오는 하루 종일 그녀만 탔다. 그래서 이소는 죽어가던 꽃과 나무를 혼자 힘으로 가꾸기로 결심했고 머지않아 자신이 식물을 키우고 열매를 맺게 하는 데 탁월한 능력을 갖고 있다는 사실을 깨달았다. 지금은 이 능력을 활용해 그를 필요로 하는 곳을 찾아다니며 식물 박사로 불리고 있었다.

하지만 케이크를 만드는 것만큼은 수천 번 연습해도 늘 제자리였다. 이소의 목표는 루다의 인정을 받는 것이었다. 아직 루다는 맛있다는 소리를 한 번 해주지 않았다. 이번에도 깐깐한 평가로 이소를 좌절하게 할 확률은 94.9퍼센트였다.

지금쯤이라면 루다가 할머니의 요트를 수리할 때 필요한
온갖 공구를 몸에 매달고, 집으로 돌아오고 있을 시간이었
다. 루다는 집 근처 공터에 요트를 놓아두고 그곳을 수시로
드나들었다. 루다는 어제 고친 것을 오늘 다시 뜯어내는 식
으로 도저히 진도가 나가지 않는 작업을 반복했다.

그리고 그 옆에는 충실한 조수가 한 명 있었다. 태거 하
우스에서 구조되던 날, 구 실장 뒤에 숨어 있다가 떠나는
요트에 급하게 올라탄 사해가 이제는 루다의 조수 노릇을
했다. 그는 포스트 휴먼 실험 피해를 인정받아 다달이 보
상금을 받고 있었고, 그 돈을 받는 날마다 무언가를 사 왔
다. 반지와 목걸이, 광택이 나는 가죽 신발, 현란한 색의 맨
투맨 티셔츠와 비닐 소재의 옷 같은 것을 사서 모두 루다
에게 주었다. 그는 루다에게 벌써 일흔두 번 고백하고 차였
다. 오늘 사해가 루다에게 고백할 확률은 68퍼센트였고, 차
일 확률은 97퍼센트, 내일 아침 두 사람이 함께 요트로 향
할 확률은 요트를 도난당하지 않고 땅이 꺼지지 않는 한,
100퍼센트였다.

R은 집으로 들어가는 골목의 불 켜진 상점가를 지나다가

무언가를 발견했다. 한 빵집의 진열장에 설탕 시럽을 잔뜩 끼얹어 보석처럼 붉게 빛나는 체리 케이크가 놓여 있었다.

그날은 모두가 함께 산 지 1785일 되는 날이었다.

R은 1785라는 숫자를 되새기면서 무언가를 계획했고 빵집 안으로 들어갔다. 카운터 너머에 흑발을 가진 날렵한 인상의 남자가 서 있었다.

"어서 오세요."

R도 그에게 인사를 했다. 그리고 한동안 둘은 서로를 빤히 보았다. 남자가 먼저 R에게 물었다.

"혹시 저를 아세요?"

"어디선가 본 것도 같네요."

남자는 실실 웃으며 R에게 말을 걸었다.

"정말 모르십니까?"

R이 그의 시선을 피했다.

"안타깝군요."

R은 진열장에 있는 체리 케이크를 주문했다. 그리고 조심스럽게 입을 열었다.

"케이크 하나와 초 1785개를 주문할 수 있을까요?"

남자는 잠시 생각하더니 흔쾌히 가능하다고 말했다.

"안 될 건 뭐가 있겠습니까?"

R은 남자의 대답을 듣고도 정말로 초를 1785개 챙겨 받

을 수 있을지 100퍼센트 확신하지 못했다.

"감사합니다. 기분이 아주 좋아 보이시네요."

"저는 대체로 기분이 좋습니다."

R은 별로 할 말이 없었지만 남자는 입이 근질거려 참지 못하는 듯했다.

"제가 한때 배우였습니다. 제 얼굴이 낯익다면 그런 이유일 겁니다."

"그렇군요. 어디선가 본 것도 같습니다."

R은 자꾸 회피하듯 말을 어정쩡하게 맺었다.

"제가 출연한 영화는 전부 해피엔딩이었어요."

"아, 그렇군요."

"왜 그랬는지 아십니까?"

"글쎄요."

"궁금하시면 알려드릴까요?"

"아니요. 괜찮습니다."

R이 거절하자 남자는 호쾌하게 하하, 웃더니 민망한 듯 뒷머리를 긁적이다가 카운터 뒤편으로 초를 가지러 들어갔다. 혼자 남은 R은 조금씩 궁금해졌다. 남자는 왜 배우를 그만두고 빵집을 차렸을까. 혹시 여전히 배우 일을 하면서 동시에 빵집을 운영하고 있는 것은 아닐까. 그러다가 R은 이 빵집이 하나의 세트장이고, 남자가 빵집 주인을 연기하

는 것이 아닌가, 추측도 해보았다. 이 순간이 그가 출연한 영화의 한 장면이라면 그의 말대로 영화는 해피엔딩으로 끝날 테고, 역할을 부여받은 모든 이들은 행복을 찾을 테니, 그것은 썩 괜찮은 일 같았다.

R은 남자를 기다리면서 자신이 찾은 행복이 무엇인지 하나씩 따져보았다. 행복이 어떤 형태로 나타날 때 가장 행복한 것인지도 한참 헤아려보았다. 그러다가 남자가 벌써 30분이 지나도록 나타나지 않는다는 사실을 알아차렸다. 그는 남자를 두어 번 불러보다가 아무 기척이 없자 케이크와 초를 포기하고 빵집을 나왔다. 아무것도 얻지 못한 채 빈손으로 돌아가는 동안, 그는 행복이 무엇인지 명확히 알지 못한다는 점에서 자신 역시 이 세상을 살아가는 수많은 인간들과 크게 다르지 않다는 결과값에 이르렀다. 하지만 지금 중요한 일은 그런 결과값을 따지는 것이 아니었다. 지금 그가 해야 할 일은 단 한가지였다. 조금만 늦어도 툴툴거리는 이소의 잔소리를 듣지 않기 위해, 서둘러 모두가 기다리는 집으로 돌아가는 것이었다.

작가의 말

『휴먼의 근사치』는 작년 봄에 썼다. 그때는 등단 소식을 듣기 전이었다. 회사를 그만두기로 결심하고 당분간 소설 쓰기에 시간을 걸겠다고 다짐한 상태였다. 그리고 그 다짐이 가장 굳건했던 시기에 쓴 것이 바로 이 소설이다.

당시 SF를 읽은 영향이 컸다. SF를 읽으면서 비인간이나 다른 차원, 지구가 아닌 공간을 상상할 때 비로소 발원되는 상상의 영역이 있다는 사실을 알았다. 덕분에 나의 소설 쓰기도 이전에 기획해 보지 않았던 방식으로 변화했다.

이 소설을 쓸 때에는, 끝없이 길어지는 손을 잡고 빠르게 뒷걸음치는 기분이었다. 누구의 손을 잡았는지 모르겠으나, 내가 걸음을 멈추지 않으면 그 손도 멈추지 않고 늘어날 심산인 듯했다. 과연 긴 이야기를 쓸 수 있을까? 그런 걱정을 가볍게 무시하고 소설 스스로 그렇게 하는 것처럼 거침없이 여백을 채워갔다. 한이소, 구현우, 이드, K, 루다, 사해. 이들의 이야기가 멈추지 않고 흘러나왔다.

출판사에 넘긴 최종 원고는 원고지로 대략 740매였다. 작업을 마치고 나자 앞으로 이보다 더 긴 이야기도 쓸 수 있지 않을까, 그런 생각이 들었다. 이상하게도 그런 생각을 하는 것만으로도 잠시나마 마음이 온전히 채워지는 듯했다.

그러고 보면, 소설이 세상에 나오는 과정이 상당히 신기롭다. 기필코 책이 되어 나오려는 소설이 있어서, 그 소설이 가진 힘이 작가를 몰아붙이는 게 아닌가도 싶다. 비슷한 시기에 쓰인 소설일지라도 어떤 것은 그 자신의 기운으로 더 이르게 세상에 드러나고, 또 다른 것은 부드럽고 조심스러운 기질 탓에 영원히 노트북 폴더에만 남아 있는 건 아닐까.

어쩌면 세상에 드러난 소설만이 나를 소설가로 만들고, 글 쓰는 삶을 살아가도록 인도할 것이다. 말하자면 내가 쓴 소설이 모두 같은 결과를 안겨주지는 않을 것이다. 그렇다면 나는 세상에 드러난 소설과 드러나지 못한 소설, 이 모두를 공평하게 사랑할 수 있을까?

실은 이런 것은 물을 필요도 없다. 당연히 모든 소설을 공평하게 사랑할 것이다. 나는 세상에 드러나지 못한 소설들의 탑을 쌓으며 소설가가 된 것이나 다름없으니까.

앞으로도 과거에 해온 일들을 반복할 것이다.

공평하게 쌓아 올린 사랑으로 부지런히 써나가겠다.

*

책이 나올 수 있도록 힘써주신 다산북스에 감사드린다. 늘 밝은 기운을 주셔서 원고를 마무리하는 데 힘을 많이 받았다. 다산북스와 인연이 되어 참 운이 좋았다고 생각한다.

추천사를 써주신 박해울, 정용준, 천선란 소설가에게 많이 감사하다. 애정하고 동경하는 동시대의 작가들이 없었다면, 어떻게 소설을 쓰는 마음을 이어올 수 있었을까. 세 작가의 이름이 든든하다. 앞서 나아간 길을 후배 작가로서 잘 따라가고 싶다.

글을 쓰려면 잘 먹어야 한다 챙겨주시고, 격려를 보내주시고, 텔레비전 소리를 줄여주신 부모님께 무한히 감사드린다. 나의 소설이 전부 집에서 창작될 수 있던 것은 두 분의 배려 덕분이었다.

내가 너무 부족하지 않나 괴로워할 때마다 조목조목 듣기 좋은 말만 골라 괜찮다고 다독여 준 창일이에게도 진심으로 고맙다. 우리는 계속 이 소소한 삶을 나란히 여행할 것 같다. 얼른 바닷가로 여름휴가를 다녀오면 좋겠다.

첫 책이 나오기를 기다려 주신 모든 분들께 감사드린다.

마지막으로 이 책을 손에 들고 읽어주는 당신에게 감사한 마음을 보낸다. 당신의 손에 들리기까지, 또 한 번의 신기한 과정이 있지 않았을까 싶다.

결국 이렇게 만나게 되어, 정말 반갑다.

2022년 여름
김나현

휴먼의 근사치

초판 1쇄 인쇄 2022년 6월 13일
초판 1쇄 발행 2022년 6월 21일

지은이 김나현
펴낸이 김선식

경영총괄 김은영
책임편집 정다움 **디자인** 박수연 **책임마케터** 배한진
콘텐츠사업6팀장 임경섭 **콘텐츠사업6팀** 박수연, 한나래, 정다움, 임고운
편집관리팀 조세현, 백설희 **저작권팀** 한승빈, 김재원, 이슬 **마케팅본부장** 권장규 **마케팅3팀** 배한진
미디어홍보본부장 정명찬 **홍보팀** 안지혜, 김은지, 이소영, 김민정, 오수미
뉴미디어팀 허지호, 박지수, 임유나, 송희진, 홍수경
재무관리팀 하미선, 윤이경, 김재경, 오지영, 안혜선 **인사총무팀** 이우철, 김혜진, 황호준
제작관리팀 박상민, 최완규, 이지우, 김소영, 김진경, 양지환
물류관리팀 김형기, 김선진, 한유현, 민주홍, 전태환, 전태연, 양문현

펴낸곳 다산북스 **출판등록** 2005년 12월 23일 제313-2005-00277호
주소 경기도 파주시 회동길 490 **전화** 02-704-1724 **팩스** 02-703-2219 **이메일** dasanbooks@dasanbooks.com
홈페이지 www.dasan.group **블로그** blog.naver.com/dasan_books
용지 IPP **인쇄·제본** 갑우문화사 **코팅 및 후가공** 제이오엘앤피

ISBN 979-11-306-9105-3 (03810)

다산북스(DASANBOOKS)는 독자 여러분의 책에 관한 아이디어와 원고 투고를 기쁜 마음으로 기다리고 있습니다.
책 출간을 원하는 아이디어가 있으신 분은 다산북스 홈페이지 '투고원고'란으로 간단한 개요와 취지, 연락처 등을 보내주세요.
머뭇거리지 말고 문을 두드리세요.